愛に震えて

ヘレン・ビアンチン

古澤　紅 訳

ハーレクイン
SP文庫

DANGEROUS ALLIANCE

by Helen Bianchin

Published by Harlequin Japan,
a Division of K.K. HarperCollins Japan, 2024

ヘレン・ビアンチン

ニュージーランド生まれ。想像力豊かな、読書を愛する子供だった。秘書学校を卒業後、友人と船で対岸のオーストラリアに渡り、働いてためたお金で車を買って大陸横断の旅をした。その旅先でイタリア人男性と知り合い結婚。もっとも尊敬する作家はノーラ・ロバーツだという。

◆主要登場人物

リーアン・フォード……………ビューティ・クリニック経営者。
ディミートリ・コスタキダス……リーアンの義兄。実業家。
ペイジ・コスタキダス…………リーアンの母親。ディミートリの継母。
クリシー・ヴァン・ハーム………ペイジの友人。社交界の花形。
シャンナ・デラハンティ…………ディミートリの友人。モデル。
レイオン・アンドレ………………ディミートリの大学時代からの友人。
エレーヌ・タキス…………………ディミートリの家政婦。
ジョージ・タキス…………………ディミートリの使用人。エレーヌの夫。

1

ボーイングの車輪がアスファルトに触れるにぶい音がした。やがて飛行機はブレーキの甲高い叫びをあげ、滑走路をすべりながら、しだいに速度を落としていく。

今回も無事に着いた。リーアンがゴールド・コーストとメルボルンの間を行き来するようになってから、もう五年になろうとしている。いつもと同じ空の旅。

でも、今回はひとつだけ違う。母のペイジは迎えに来てくれない。母娘《おやこ》で再会を喜び、お互いの近況を話し合うことはできないのだ。

目の奥がつんと痛くなってきた。あわててまばたきをして涙をこらえ、リーアンはうるんだ目を窓の外にやった。

あの美しい母が癌《がん》に冒されているなんて。しかも自覚症状もないままに病状は進行し、すでに医者もさじを投げた状態だとは。その知らせを受け取るなり、リーアンはすぐに経営しているビューティ・クリニックをシニア・アシスタントに任せ、飛行機の手配をしたのだった。

滑走路を走る飛行機のエンジンの音がしだいに小さくなり、やがて機体はエプロンに向かってゆっくりと進んでいった。

ドアが開き、降りる準備が整うと、リーアンも扉口に向かう乗客の列に加わった。自分の人目を引く容姿など、まったく無頓着《むとんちゃく》なままに。あざやかなブルーのパンツと同系色のしなやかなトップスという組み合わせはリーアンのすらりとした体の曲線を包み、肩まで伸びたアッシュ・ブロンドの髪を申し分なく引き立てている。

数分後、到着ロビーに出てきたリーアンはターンテーブルへ歩いていき、自分のバッグを捜してベルトコンベアーを目で追った。

「リーアン」

かすかに外国なまりのある響きに、リーアンははっと息をのんだ。胸の鼓動が一瞬止まり、それからにわかに速くなった。落ち着いた表情を作ってから、すぐそばに立った男をゆっくりと振り向く。

背の高いがっしりした体をみごとな仕立ての服で包み、力強く彫りの深い顔立ちに鋭い黒の目、手入れの行き届いた黒い髪。彼の雰囲気すべてが、女性の目を引かずにはおかない。

彼の全身から、いかにも権力者らしい力強さが発散されている。それはコスタキダス一族の経営する企業のトップとしてふさわしい、同年代の人間がうらやむほどの、そして彼に対抗しようとする者は必ず躊躇《ちゅうちょ》するほどの雰囲気だ。

危険な男だ。有無を言わせぬ、ひどく冷酷な態度。まるで凶器みたい、と心の中でつぶやきながら、リーアンはほほえみを浮かべた。

「ディミートリ……」

五年前だったら彼の胸に飛び込んでいって頬にからかうような口づけを受け、こちらもふざけながら口づけを返したりしただろうに。

しかし今は身動きもせずに立ち尽くし、青い瞳の奥に痛みを隠して、澄んだ目で相手をひたと見つめるだけだ。「まだパースにいると思ってたわ」

彼は片方の眉をかすかに上げ、ちょっと皮肉っぽい表情を見せた。「きみと同じように、ぼくも仕事をやりくりして、こちらに来る一番早い便をつかまえたんだよ」

リーアンはさまざまな思いを隠し、落ち着いた表情を装った。「わざわざ迎えに来てもらわなくてもよかったのに」

彼は何も言わなかった。言う必要などなかったのだ。リーアンはペイジの娘、そして、ディミートリの亡き父にとっても血はつながらないとはいえ、かけがえのない娘だった。だから、彼は義兄として何くれとなくリーアンの面倒を見るのを当たり前と考え、一人で勝手に行動するのは許さなかった。

かすかに体の震えを感じたリーアンは、なんとかして気持を落ち着けようとした。「ママには会ったの？　具合はどう？」

彼はしばらくリーアンの目を見つめていたが、やがて表情がやわらいだ。「一時間ほど前に会ってきた。今の状態を考えれば、いいほうだろう」

十年前母のペイジは、妻を亡くしていたディミートリの父、ヤニスと結婚した。それ以来、ディミートリもペイジを心から愛してきた。ペイジの持ち前の温かさとやさしさで、ヤニスの家はすっかり家庭らしくなり、皮肉屋で世をすねていた男性も、角が取れてやわらかくなった。それまでは、自分の企業を巨大化させ、一人息子を跡継ぎにすることだけが生きがいだった人なのに。仲むつまじい結婚生活は五年間続いた。そして船の事故でヤニスが亡くなったあと、ディミートリがコスタキダス・コーポレーションの社長に就任したのだ。

「きみのバッグはどれ？」

ディミートリはさまざまな国で教育を受けてきたせいか、ほとんどなまりもなく、数カ国語がごく楽に身についたようだった。リーアンはかすかに震えながら、ふとよみがえってきた記憶を遠ざけようとした。「その茶色の」リーアンはそう言って、コンベアーの上のバッグを指さした。彼は軽々とそれを取り上げた。

「行こうか？」

どうかしている、自分がひどく弱い存在になったような気がするなんて。彼と並んで歩いていくと、エントランスのすぐそばの舗道に寄せて、みごとなマロン色のジャガーが止まっていた。

ディミートリの運転する車は、ほどなくターミナルを出ていく車の列に入った。つまらない話をするのがいやで、リーアンはわざと窓の外の景色に視線を向けていた。

真夏の暑さはエアコンのおかげでやわらげられ、強い日ざしもスモークガラスがさえぎっている。車の窓から見る空は青く晴れわたり、地平線のかなたにかすかにひと筋の雲が見えるだけだった。

何も変わっていないように見える。ジャガーはフリーウェイに入ってスピードを上げた。大気汚染のためにくすんだ煉瓦《れんが》造りの家々、年代を経た郊外の道。幹線道路につながる狭い道。その幹線道路から網の目のように広がり、市の中心部と郊外を忙しげに行き来する路面電車。

リーアンは深く息を吸い、ゆっくりと吐き出した。メルボルン――深く広い文化を持つ巨大な都市。わたしが生まれ、育ち、そして学んだ場所。

ああ、時をもとに戻したい。もちろんできないことはわかっているけれど。

とにかく今は母が必要とする間、ずっとここにいるつもりだった。そのあとはゴールド・コーストに戻ろう。ヤニスのおかげで自分のアパートメントもコーストに持っているし、経営しているビューティ・クリニックも軌道に乗っている。

「社交辞令のおしゃべりはしないのかい？」ディミートリがおもしろそうな口調で言うと、リーアンはちょっと考え込んだ様子で視線を向けた。

「あなたのお仕事のご活躍ぶりは、経済誌で知ってるわ」リーアンはまっすぐ相手を見つめ、かすかにほほえみさえ浮かべた。「社交界でのご活躍ぶりは、タブロイド新聞に載っているし」そう言ってから口をつぐみ、リーアンは彼の全身に視線をさまよわせた。「元気そうね……」言葉を切って、かすかに肩をすくめる。「お互いの恋愛の話でもしたいの？」

一瞬、彼の黒い瞳が氷のように冷ややかに見えたが、やがてやわらかな表情になり、ハスキーな笑い声が喉からもれた。リーアンの見まちがいでなければ、その時彼の目に考え込むような表情が浮かんだ。

「きみも大人になったな」そのゆったりとした口調に、リーアンの目が苦痛で一瞬曇った。

「もう二十五ですもの」

「きみをすぐ病院へ連れていくとペイジに約束したんだ」しばらくして、ディミートリはそう言いながら、速度を落としてフリーウェイを下りた。

冷たい不安に胸をしめつけられるような気がして、リーアンはすがるように彼の彫りの深い顔を見つめたが、それでも安らぎは得られなかった。この前母に会ったのは二カ月前のことだ。その時、母の声から、心配ごとや、何か隠しごとをしている様子を察することができなかったのが、今になって悔やまれる――体の不調に対する不安がそれとなくにじみ出ていたかもしれないのに。

いったいどうしてこんなことになってしまったのだろう？　怒りにかられて思う。ペイジは健康的な食生活を守り、運動やテニスが好きで、たばこは吸わず、お酒もほとんど飲まなかった。なのになぜ？

十分ほどでジャガーは鉄の門を入り、玉砂利を敷きつめた私道を通って、豪華な私立病院の裏手に止まった。

二人が受付を通ると、看護師はディミートリにあこがれるようなほほえみを向けた。担当の看護師となると、もっとあからさまだった。

「ミセス・コスタキダスはよくお休みになっていらっしゃいます」看護師の瞳はうるみ、目で誘っている。ディミートリが少しでも興味を示してくれるのを待っているようだ。

リーアンはそれをひどく突き放して眺めていた。思い上がったこの義兄は、また女性を一人、ものにするのだろうか。彼は三十代後半、セクシーで、金も権力も肉体的な魅力も兼ね備え、蜜《みつ》が蜂《はち》を招くように女性を引きつける。彼は何人かの女性を選《え》りすぐり、その女性たちと食事をしたり、社交を楽しんだりしているらしい。きっとベッドを共にする相手もいるのだろうが、だれでも見境なくというわけではなさそうだ。リーアンは最近も華やかな社交界の場面が新聞に載っていたのをはっきり思い出した。お相手は保険会社社長、レジナルド・デラハンティの一人娘、シャンナ。

「ペイジの個室は右へ行ったところだ」

静かな口調だったが、よいタイミングの警告だった。そのおかげでリーアンは気持を落ち着けて、豪華な病室へ入っていくことができた。

病状は思わしくないとあらかじめ言われていたものの、枕《まくら》にうずもれるようにして横になっている顔色の悪いやつれた女性が母だとは、どうしても信じられなかった。

リーアンはようやくほほえみを浮かべ、必死で涙をこらえて、か細い体をそっと抱きしめた。ペイジの骨は今にも折れそうな感じだし、皮膚も紙のように透き通っている。なんだか母の魂がなくなってしまったようだ。リーアンは意地悪な運命に大声をあげて抗議したかった。

「まあ」ささやくような声で言いながら、母は美しいほほえみを浮かべた。風前の灯火《ともしび》がまたかすかに勢いを取り戻したかのようだ。片手を上げ、震える指先でリーアンの頬をそっとなでる。「来てくれてうれしいわ」

もうこれ以上涙をこらえることはできないわ。その時ディミートリの腕が肩に回され、リーアンははっとした。その、暖かなマントのように肩を包んだ無言の強さのおかげで、動揺を抑え、落ち着いた表情を見せることができた。ペイジは娘の小柄な体をいとおしそうに見つめ、それからかたわらの男性にも視線を向けた。

「ありがとう」ペイジがささやくような声で言うと、ディミートリの黒い瞳は明るくやさしい表情を浮かべた。だが、そのまなざしがリーアンのほうに向けられた時には、どことなく曇り、何かを警告しているようだった。彼に肩先のきゃしゃな骨を指先でそっとなでられると、リーアンはかすかに身を固くした。「少し休んだほうがいいですよ」彼はそう言いながら、ペイジの頰に軽く口づけをした。「リーアンはランチのあとでまた来るでしょうし、夕方には二人でもう一度来ますから」

「ええ」

ペイジはかろうじて聞き取れる声で言った。リーアンは必死に涙をこらえていたが、廊下に出るとあふれ出し、頰を伝って流れた。

廊下がさっきよりも長く感じられる。車の助手席に座るころには、リーアンはすっかりうちひしがれていた。

「なぜママの病気に気がつかなかったのかしら？」くやしさとつらさが入りまじった気分で、思わず口にした言葉だった。それからある考えが浮かび、運転席のほうに顔を向けた。

「どうしてもっと早く知らせてくれなかったの？」

「知らなかったからだ」ディミートリはきっぱりした口調で言った。「ペイジとは一週間に一度電話で話し、二、三週間に一度一緒に食事をすることにしていた」

仕事の関係で、オーストラリアの州都を行き来し、さらに世界各国を飛び回っている彼は、亡父の残したトゥーラックの邸宅から二キロほどしか離れていない場所にある、瀟《しょう》洒《しゃ》な高級アパートメントのペントハウスを根城にしていた。

「ママに病気の兆候は見えなかったの？　何も？」リーアンは信じられない気持で尋ねた。

「ペイジに最後に会ったのは五週間前だった。たしかに顔色は悪かったが、ひどいインフルエンザにかかって治りかけたところだ、と言っていたんだ」彼は暗い目をして、何かを思い出しているようだった。「その翌日から、ぼくはずっと会議で、アメリカ、パリ、ローマと出張し、そのあとパースへちょっと立ち寄った。そうしたらぼくの泊まっているホテルへ、ペイジの主治医からファックスが入ったんだ。それで事実がわかるなり、すぐきみに電話を入れたというわけだ」

「ママは何か変だと思っていたんでしょうね」リーアンはつらそうな声で言った。

「医師たちの話では、ペイジは何カ月か前から自分のただならぬ状態に気づいていたそうだ。しかし入院するまでは内密にしておいてほしいというのが、たっての願いだったらしい」

つらくて喉がしめつけられるようだった。リーアンはかろうじて涙をこらえた。いやだわ、いつも持ち歩いているティッシュはどこだったかしら？　みるみるうちにあふれて頬を伝ってきた涙を、震える指先で拭《ぬぐ》った。

かすかにののしるような声がしたと思うと、白いハンカチが手に押しつけられた。そしてディミートリに引き寄せられた。

リーアンは思わず体を引き離そうとしたが、それだけの力もなかった。音もなく頬を伝う涙が、彼のシャツを濡《ぬ》らしている。彼の指が髪の下にすべり込み、きゃしゃな骨格をなだめるようにそっとなでていた。

落ち着きを取り戻すまで、どれほどそのまま寄り添っていたのだろうか。きっとほんの数分だったろう。

「ごめんなさい」かすかにくぐもった声で言いながら、リーアンは体を離そうとした。

「何をあやまる、リーアン？」皮肉っぽい言い方だった。「ぼくの同情を引こうとしたからかい？」

「わたしはただ……」

「ぼくの前で感情は見せたくなかったから？」

「そうじゃないわ」きつい口調で言い返した。ただ、彼には自分の鎧《よろい》の裂け目は見せたくなかったのだ。リーアンは身動きもせず、ぼんやりと窓の外を見つめていた。彼の気を引こうとしたいろんな場面がまざまざとよみがえってくる。あの運命的な二十一歳の誕生日の晩までは、彼も、リーアンの感じやすい心を傷つけることなく、やさしく受け止めてくれていた。

ひとつ残らずはっきりと覚えているその日の記憶を心の中からしめ出そうと、リーアンは目を閉じた。

あの誕生日の夜、ペイジは大勢の客を招いて盛大なパーティを開いてくれた。リーアンはとても幸せだった。ただ、彼女にとっては、だれよりも大切なゲストはディミートリだった。これで彼もとうとうわたしを一人前の女性として認めてくれるだろうと、ひそかに期待してもいた。浮かれ気分で興奮していたせいか、リーアンはボーイフレンドたちとふざけ回り、シャンパンを飲みすぎた。そしてパーティが終わり、招待客が帰り、ペイジが二階へ姿を消すと、また音楽をかけ直し、ディミートリにダンスをせがんだのだ。

大胆なしぐさで体を押しつけ、彼の首に両腕を回した。頭がちょうど彼の顎の高さになる。リーアンは首をのけぞらせてほほえみかけ、〝まだ誕生日のお祝いのキスをしてくれてないわ〟とからかうような口調で言った。

初めはふざけ半分のキスだった。だがすぐにそれは官能的な口づけとなり、リーアンは先のことなど考えもせず、初めての魔力にためらわずに身をゆだねた。

それから、無理やり体を押しやられるまでにいったいどれほどの時間がたったのかわからなかった。あげくに、彼の口からリーアンを拒絶する残酷な言葉が吐き出され、リーアンは自分の部屋へ駆け上がっていき、夜明けまで泣き明かしたのだった。

その翌日、彼がシドニーへ行ってしまうと、リーアンは家を離れて独立したい、とペイジを説得し、何週間もかけたあげくとうとう反対を押し切って、ゴールド・コーストで暮らすことを決めた。

ペイジは何度もゴールド・コーストまで訪ねてきた。だが、リーアンはわざとディミートリのいない時をねらった週末や休暇でなければ、メルボルンに帰らなかった。それでも完全に彼を避けることはできなかったが。彼はゴールド・コーストに来ると、必ず電話をかけてきて、食事やショーに誘った……いかにも妹思いの義兄というふりをして。そして、まだ彼に心を乱す力があるのだと思わせたくなかったリーアンは、何くわぬ顔をして誘いを受けた。

「ペイジは父の心を射止めた、まれに見る宝石だ。しかも、父のぼくに対する愛情を横取りすることもなく、ぼくをも無条件に愛してくれた」考えていると彼の声が飛び込んできて、リーアンははっとして彼を見た。「ついでにきみというおまけがついてきたわけだが」

リーアンの胸に怒りがこみ上げて、喉元まで言葉が出かかった。「あなたって……」言葉はとぎれてしまった。それから「ろくでなし」とつぶやくようにつけ加えた。よく考えてみれば見当はずれの言葉だったし、許しがたい侮辱の言葉だ。しかし、その時にはそんなことはどうでもよかった。

静まり返った車の中で、リーアンには彼の怒りがはっきりと感じられた。彼は厳しい表情を見せている。彼女は一瞬目を閉じてから、ゆっくりと開いた。

ディミートリがエンジンをかけ、車は駐車場から出た。そしてタイヤをきしらせながら、出口へと向かった。

郊外の高級住宅地トゥーラックには、富裕な有名人たちの優雅な屋敷が集まっている。ヤニスの建てた邸宅もその例外ではなかった。印象的な造りの鉄の門の前で車を止め、ディミートリはリモコンで門を開けた。

やがて車は椰子《やし》並木の私道を通り、地中海風の邸宅の車寄せで止まった。白い壁にテラコッタの屋根が、コートダジュールの丘にあるぶどう園の家を思わせる。

広壮な本邸には広いリビングルーム、五つの寝室、六つのバスルームがあり、客用のキャビンにはラウンジとバーが備えられ、プールやテニスコートもあった。

リーアンは車から降りて、ディミートリのあとから玄関を通り、格調高いホールへ入った――大理石の床にクリスタルのシャンデリア、そして曲線を描くマホガニーの階段。

もう十年前からわが家となっているにもかかわらず、リーアンはここへ来るたびに、富を惜しげもなく見せつける格調高いインテリアに、思わずいずまいを正したくなるような畏怖《いふ》の念を覚える。

一階の床は淡い色の大理石が優雅な雰囲気をかもし出していた。あちらこちらに中国製のシルクの敷物が置かれ、そのさまざまなパステルカラーの色合いが、床のクリーム色によく映えている。豪華なタピスリーが淡いクリーム色のシルクを張った壁に飾られ、絵画と美を競い合っている。ヤニスはペイジの好むルイ十四世様式の家具を好きなように買わせて、インテリアを調えた。ほとんどはフランスとイタリアからの輸入物だ。

リーアンの背筋にゆっくりと寒けが走った。ヤニスはこの美しい屋敷をペイジに遺産として残したが、ペイジの死によって、必然的に息子の手に渡ってしまうのだ。そう気づくと思わず体が震えそうになり、リーアンは必死でそれを抑えた。

つまり数週間後には、もうここはわたしの家ではなくなるわけだ。そのあと、ディミートリが妻として選んだ女性と一緒にここにいるところなど、指をくわえて見ているのには耐えられない……。

だんだん疎遠になるのは、たいして難しいことではないだろう。たまに電話で連絡を取り合っていたのがやがて短い手紙のやりとりになり、最後にはクリスマスカードだけのつき合いになっていく。

「リーアンお嬢さま。お目にかかれてうれしいですわ」

ぼんやり考えている時、なまりの強い英語が耳に飛び込んできた。リーアンははっとして振り向き、家政婦のエレーニ・タキスと温かいあいさつを交わした。エレーニは料理人兼家政婦として、夫のジョージと共に、この屋敷をとりしきっている。

「エレーニ……」リーアンは涙がこぼれそうになった。

「ジョージがお荷物をお運びしますよ。それから、三十分ほどでお昼になりますからね」

「わざわざ特別に用意してくれなくてもよかったのに」ほんのひと口ふた口しか食べられそうもない。

「何をおっしゃるんですか」エレーニはリーアンのほっそりした姿をほれぼれと見つめていたが、その目がやがてかすかに心配そうになった。「おやせになりましたね。それじゃ、お体によくないですよ」

「あなたの料理を半分でも食べていたら、向こうへ帰るころにはすっかり太って、ワンサイズ大きな服を着るはめになってしまうわ」

エレーニはちょっと困ったような表情を浮かべた。「でも今回はしばらくお泊まりなんですよね？」

「何かメッセージは来ているかい？」ディミートリの言葉に、リーアンは警告を感じ取った。

「秘書の方からお電話が。ファックスを送るそうでございます」

エレーニが行ってしまうと、リーアンは彼の鋭い目に問いかけるように視線を向けた。

「ぼくもしばらくここで暮らすように、ペイジに頼まれたんだ。きみがここに一人でいるのはよくないからと」

たとえ短い期間ではあっても、いやな相手と顔を突き合わせて暮らすことを考えると、動揺する。

リーアンは深く息を吸い、ゆっくりと吐き出してから、あえて深刻そうな声は出さずに言った。「どうしてかしら。だってわたし、五年近くも一人暮らしをしてきたのよ。それにエレーニやジョージだっているじゃない」

ディミートリは険しい表情でかすかに目を細めた。「二階へ行って、荷物を解いてきたまえ。昼食を食べながら話そう」

話す？　いったい何を？

リーアンの寝室は広々としていて、そこから見えるプールや庭の眺めがすばらしかった。室内は心が休まる抑えた色調で統一され、輸入物のシルクがあしらわれたエレガントな椅子やソファが備えられている。付属のバスルームには女らしい淡いピンクの大理石に、クリスタルや金の付属品が取りつけられていた。

考えごとを押しやってリーアンはさっさと服を脱ぎ、シャワーを浴びた。それからエレガントなパンツに、淡い緑のコットンのトップを合わせ、髪を整え、メイクを直す。

キッチンへ入ったのは、そろそろ一時になろうというころだった。エレーニがやさしくほほえみかけた。

「ちょうどよかった。全部用意できております。あとはパンを出すだけです」

「わたしが取ってくるわ」リーアンは自分から申し出て、オーブンのところに行った。

「あとは何があるの？」

「ラムです。もうサラダもテーブルに出ていますから」

豪華な食卓だったし、二人では食べきれないほどの量だった。銀のアイス・バケットの中でワインが冷え、クリスタルのみごとなグラス、銀のナイフやフォーク、上質のボーンチャイナが並ぶ。

ほどなく部屋に入ってきたディミートリはせわしげに行き来するエレーニにほほえみかけ、エレーニがキッチンのほうに引っ込むと、リーアンの真向かいに座った。

「ワインは？」

「いいえ、けっこうよ」リーアンはできるだけ礼儀正しい口調で断った。

「ペイジのベンツの鍵《かぎ》は、ホールのキャビネットの一番上の引き出しに入っている」そう言いながら、彼は自分のグラスにワインを注《つ》いだ。

「ありがとう」

彼はかすかに目を細めた。「リーアン、きみはお客じゃないんだ。車でもなんでも、必要なものは自由に使っていいんだよ」

またありがとうと言おうとして、リーアンは口をつぐみ、代わりにエレーニの豪華なギリシア風サラダに手をつけた。

食べることに専念すれば、こんなばかげた動揺は消えてくれるだろう。まったくどうかしている。そう思いながらも、崖《がけ》っぷちを危ない足取りで歩いているような感じがして、不安な思いを消すことができない。

心配のあまり神経が高ぶり、疲れ果て、くたびれているのだ――母の病状を考えれば当然のことだ。リーアンはフェタチーズをひと切れ取り、オリーブを口に入れた。

ほどよい焼きかげんのラム肉もそれほど食欲をそそらなかった。リーアンは何度か口に運んだあとで、残りの肉とつけ合わせの野菜の皿を、もうけっこうと言うように押しやってしまった。

「おなかがすいていないのかい？」

「エレーニががっかりするわね」リーアンは悲しげな口調で言った。

ディミートリはナプキンをテーブルに置き、椅子に背をもたせかけた。「リラックスすることだ、リーアン」彼の黒い瞳は謎《なぞ》めいていたが、なんとなくからかうような表情が浮かんでいる。

「さしさわりのない会話って何があるかしら？　国家の情勢とかお天気の話とか？　それともあなたの最近の職業的成功のことでも？」

「ペイジのことを話し合いたい」彼は静かな口調で言った。「彼女の望みを、我々がどうすればかなえてやれるかということを」

なんということだろう。彼は回り道もせずに、いきなり核心に迫ってきた。「ママを喜ばせることができるなら、なんだってするわ」リーアンはためらいもなく言い切った。

「なんでも？」

考えるまでもない。「もちろんよ」

ディミートリは黙ったまましばらくこちらを見つめていた。かすかに細めたまぶたの下から、鋭いまなざしが向けられている。「きみとぼくが結婚するというのでも？」

2

リーアンは一瞬言葉が出なくなり、やがて顔から血の気が引いていった。

「変な冗談はやめて」ようやくそれだけを言う。

こちらに向けられたままのディミートリの黒い瞳は、何かたくらみを抱いているように見えた。きっとすでに策をめぐらし、たくみにゲームを進めようとしているのだ。

「ぼくは本気だ」

にわかに喉が詰まるような感じがして、リーアンはあわてて息を吸い込んだ。「なぜ?」

「ペイジはきみの将来を心配している」リーアンの用心深さに気づいたのか、彼は言った。

彼がそう言うのももっともだと思いながらも、だんだん腹立たしくなってきた。「もう四年以上も自立して生活してるのよ。心配してもらう必要なんかないわ。今度のことがすんだら……」ためらってからつけ加える。「ゴールド・コーストへ帰るだけ」

「そして金目当ての男にまんまと引っかかるというわけか」投げやりな言い方だった。

「おかしなこと言わないで。この家も何もかも、あなたのものになるというのに」

「この家はもちろんそうだ。しかしコスタキダス・コーポレーション関連の遺産はきみにも譲渡される。それにアテネのアパートメントや、スイスの家や、フランスのヴィラもある。宝石、株、それから父が生存中にペイジに贈ったもの。それがすべてきみのものになるんだ」ディミートリはそう言ってちょっと口をつぐみ、話を聞いているリーアンの表情を注意深くうかがった。「総額で数百万ドルにはなるだろう」

そう言われてもリーアンは想像もできなかった。継父にかなりの資産があることは知っていたが、いったいどれほどの額なのかは知らなかったし、それについては母と話したこともなかったからだ。

「ゴールド・コーストのアパートメントもビューティ・クリニックもお継父《とう》さまがくださったのよ」動揺を抑えて、リーアンはすばやく言った。「もうこれ以上何もいらないわ」

「これは父の意思でもぼくの意思でもない」彼はおだやかな口調で言った。

「あなたの有利になるように、ママの遺言に異議を申し立てるわ」

「それは無理だ。こうなることは前からわかっていたことだし、申し立てても法的にも無効だ」

「全額を信託に預けることだってできるわ」

ディミートリはちょっと皮肉っぽい笑みを浮かべた。「それは理想論だな。だが実際問題としてはそうもいかないだろう」彼はリーアンのほうをじっと見つめた。「ペイジとヤニスはぼくたちが恋愛関係になることを望んでいた。今その望みがかなえば、ペイジも安心するだろう。事実ペイジは、きみに群がってきて、一生遊んで暮らすために永遠の愛を誓う男たちのことを、とても心配しているんだ」

リーアンは大きく目を見開いた。母を喜ばせたいという思いの一方、見せかけだけのつもりが、いつの間にか抜け出せなくなるのではないかという心配との板挟みになって、そのブルーの目はみるみるうちに曇っていく。

「わたしだってもう子どもじゃないわ。それなりの常識だってあるのよ。別に保護者なんかいらないと思うけど」特にあなたはお断り……絶対に。

「ペイジのことを話し合おう」彼はいやにやさしい声で言った。

「ママをだますなんていやだわ」

「でもペイジを愛しているんだろう？」彼はそこで一瞬口をつぐみ、リーアンは寒けを感じた。「ペイジを喜ばせ、安心させてやるためなら、そんな芝居くらい、できるだろう？」

「わたしにお芝居をしろって言うの？」

彼は一瞬目の表情を硬くし、皮肉っぽい笑いに口元をゆがめた。「限られた時間でも、そんなに難しいことかい？」

リーアンは目を閉じ、それからゆっくりと開いた。「ずいぶんひどいことを言うのね」

彼は視線をそらすことなく、グラスを手に取った。「フルーツ？　それともコーヒーにするかい？」

　こんな深刻な話から、フルーツかコーヒーかだなんてたわいもない話に、どうして何事もないように平然と切り替えたりできるのだろう？

　考えるまでもない、答えははっきりしている。ディミートリは抜け目のないビジネスマンで、世界中の大物との取り引きに精通しているのだ。何百万ドルという金を動かし、かなりの強硬派とも交渉し、そして時には能力のない部下の首を切ることもあるだろう。この手ごわい権力者と対立して、こちらに勝ち目などあるだろうか？

「冷たいお水をちょうだい」彼がカラフを取り、グラスに水を注《つ》いでくれるのを、リーアンは注意深く見つめていた。

「ビューティ・クリニックのほうはどう？」彼は興味深げに尋ね、真剣なまなざしで値踏みするように見つめている。自分の顔は細かなところまでよくわかっているだけに、リーアンは彼のまなざしを痛いほど意識した。

　色白のきめ細かな肌。きゃしゃな骨格。ふくよかな唇からのぞくきれいな歯並び。すらりとした鼻。大きな濃いブルーの瞳。そして肩までの長さのアッシュ・ブロンドの髪。

「とてもうまくいってるわ」リーアンはさりげなく肩をすくめた。「女性はだれでも美しくなりたいと思っているから。美しくなるためならお金は惜しまないもの」

「自分の欲求を満足させるために？」

「もちろん。それに男性を喜ばせるためにも」

ディミートリはフルーツボウルから桃を取り、皮をむいて種を取り、ひと切れリーアンに差し出した。「どうだい？」

どうしてもディミートリから離れたくなり、リーアンは失礼するわ、と言った。

「午後はずっと市内にいることになりそうだ」リーアンが立ち上がると、彼が言った。

「六時には支度を終えて待っていてほしい。ペイジを見舞ってから、どこかに食事に行こう」

リーアンはついきかずにはいられなかった。「シャンナが怒らないかしら？」

彼の目の表情は変わらなかった。「シャンナには何も関係のないことだ」

「わたしをここまで送ってから、あなたはシャンナに会えばいいわ」

「こんな話をしていても時間のむだだ」ディミートリはいらだたしげに言った。

「そうですか。それじゃ、わたしはエレーニを手伝ってテーブルのあと片づけをして、荷物を解いて、それからママのお見舞いに行きます」できる限りていねいな言い方をしたのに対し、彼がかすれた声で笑ったので、リーアンは思わずかっとしてどなりつけたくなった。だが、そんなことをしたら彼を怒らせることになるだろうし、すでにもうひどいことを言ってしまっていた。一日のうちに二度もそんなことをするのは、愚かなことだろう。

リーアンが母の病室に入っていったのは、そろそろ二時半になるころだった。「とても元気そうね」ペイジにやさしく言われると、リーアンの胸はきゅっと痛んだ。いったいなんと返事ができるだろう？　想像していたよりずっと難しかった。ベッドのそばに椅子を引き寄せて座り、ペイジの手を握ることしかできない。

「ディミートリはあなたのことをとても気に入っているみたい」ペイジがしわがれた声で言った。薬のせいで痛みがやわらいだらしく、それほど苦しそうではない。「何かあったら、あの人に相談なさい。ぼくに任せてくださいって、ママに約束してくれたから」

リーアンは声をあげて泣きたかった。涙で目もかすんできた。ああ、神さま、助けて。

「ヤニスはあなたのことをとても愛していたわ。ママが愛してるのと同じくらい。ヤニスはほんとうの娘のようにあなたをかわいがってくれたわね」

「ほんとうにいい人だったわ」

「ええ。ディミートリも同じ」

それは違うわ。声にならない叫びがリーアンの頭の中で響きわたる。ママ、もうやめて。昔、夢に思い描いていた理想の男性が浮かんだ。十代のころは、ディミートリのことをそう思っていたのだ。でも彼にもいろいろ欠点のあることを知り、夢は消えた。

「わたしのものはみんなあなたのものになるの。財産も宝石も」長い沈黙のあと、ペイジはまた話しつづけた。「かなりの遺産になると思うわ」

胸がしめつけられ、喉が詰まってきて、リーアンは取り乱すまいと努めた。「そんな話はしたくないわ。つらくて」

「でも、わたしはちっとも怖くないわ。ほんとよ」ペイジはやさしい口調で言った。淡いブルーの目にはひとかけらの恐怖も見えない。「愛するヤニスのいるところに行くのですもの。だからあなたも悲しまないでほしいの」その瞳は曇り、口元はほほえみながらかすかに震えた。「ママのたったひとつの願いは、あなたが、心から愛してくれる人と結婚して、幸せになってくれることよ」ペイジは静かな声で言いながら、リーアンの手を指先でそっとなでつづけている。「そして子どもが生まれて」

ママは孫の顔を見ることはできないのだ。リーアンは悲しい気持で思った。ひどすぎる。この母ならきっとすてきなおばあちゃまになるだろうに。

今にも涙があふれてしまいそうだ。「わたしは今でも幸せよ」リーアンは急いでそう言った。急ぎすぎたろうか？　重い病にかかり、治療を受けていても、ペイジの感受性はけっしてにぶくなっていない。

「ほんと？」

弁解がましく聞こえないような言葉が見つからなかったので、リーアンはかすかにほほえみ、代わりにビューティ・クリニックのおもしろい出来事を話しはじめた。それから母を休ませるために一時間ほど出かけ、母の大好きなばらと、少しでも食欲をそそるようにと新鮮な果物を買って、病室に戻った。

家に帰るとそろそろ五時だった。リーアンはエレーニに顔を見せてから二階に上がり、服を脱いで水着に着替え、プールに向かった。

全力で何往復か泳げば、青白い母の顔や、やさしいほほえみの下に見え隠れするひどく悲しげな表情が、心から消えるかもしれない。

そう思ったが、うまくいかなかった。どうしても母のことが頭から離れない。六時少し前に二階から下りてきた時、リーアンはかなり疲れていた。

冷たい水の入ったグラスを手にラウンジに座っていたディミートリは、リーアンが入っていくと、心の中まで見抜くような鋭い視線を向けた。

「冷たいものでも飲む?」氷やレモンの輪切り、ミントの葉を浮かせたクリスタルのピッチャーを、彼は指さした。

「ええ、お願い」

彼はグラスに水を注ぎ、物思わしげな表情でそれを渡した。リーアンは彼の指に触れないように気をつけて受け取った。

彼はけっして自分を隠すことをしない。教養があり、人を見る目は鋭く、自分を抑える限界を知っている。それは彼が自然でゆったりと身につけている、マントのようなものだった。独特の洗練された雰囲気を持った彼と自分とは違いすぎる。特にこの十年間の、彼の華々しい生活を知っているだけに、話題の豊富な彼と対等に話をするなんて、どだい無理なことだと思い知らされてしまう。

リーアンの気持を落ち着かなくさせるのは、ディミートリそのものだった。めまいすら覚えるほどのセクシーな魅力や、見るからに男っぽい雰囲気に打ち負かされまいと、いつももう一人の自分と戦っていなければならない。もしその自分に負けるようなことがあれば、恐ろしい結果になることもわかっているのだ。

彼は考え込むようにこちらを見つめ、やがてリーアンのふくよかなピンクの唇に視線をとめた。

「飲み終わったら、出かけよう」

車に乗り込むと、彼はカセットをかけ、夕方のこみはじめてきた道路に神経を集中させているようだった。リーアンは話題を探して考えをめぐらしたが、結局これもだめ、あれもだめと、言葉にするのはあきらめて、車がなめらかに走る間、黙ったままシートに座っていた。

ペイジは食事を終えたところだった。リーアンとディミートリが入っていくと、顔がぱっと輝く。

「その服すてきよ」ペイジはやさしくほめた。「そのブルーはあなたの目の色にぴったり」

そう言ってから、リーアンの隣に立ったディミートリに視線を向けた。「あなたもそう思うでしょ?」

「すてきですね」ディミートリはベッドに近づき、ペイジのこめかみにそっと口づけをした。「気分はどうですか?」

その思いやりにあふれた声に、リーアンの体はかすかに震えた。母にあいさつをする時の声が、自分でも少し明るすぎるような気がする。それから、ディミートリの引き寄せてくれた椅子に腰かけた。

彼はすぐ後ろに立っている。少し距離が近すぎる。リーアンは全身で彼の存在を意識していた。だから彼の手が肩に置かれた時は、はっと飛び上がらないようにするだけで精いっぱいだった。

ペイジもディミートリのさりげない親しげなしぐさに気づいてほほえんだ。「ディナーはどこへ行くの?」

彼は、高級で、しかも料理の質のよいことで有名な店の名をあげた。

ペイジの目はひときわ輝いた。「何かのお祝いでもするつもり?」

「そういうわけでもないんですが」ディミートリがゆったりとした口調で言う。リーアンの鎖骨の端に触れていた彼の指先にちょっと力が入った。「ヴィンテージ・ワインとおいしい料理があれば、リーアンもぼくのプロポーズにイエスと言ってくれるだろうと思いましてね」

リーアンは突然胸苦しくなり、息ができなくなってしまった。一瞬心臓が止まるかと思い、次には鼓動が速くなった。うなじの繊細な曲線をそっとなでられると、言葉が喉で止まってしまう。

何てことをするのよ、ひどい人！　ほんとうはそう叫びたかったのだ。だが、口元まで言葉が出かかったが、母の表情を見ると、何も言えなくなってしまった。

心からの喜びと幸せの入りまじった表情に顔が輝き、信じられないほどに美しい母の顔。それを見ると否定することもできない。

ディミートリの思うつぼなのだ。リーアンには、両腕を差し伸べた母のやさしい抱擁を受け、涙を流し合うしかないことも、彼はわかっているのだ。ディミートリがみごとなダイヤモンドの指輪を取り出して左手にはめても、リーアンはあっけにとられたように見つめることしかできないことも……。

「午後に来た時には何も言ってくれなかったじゃない」ペイジがか弱い声で言った。

「だって知らなかったんですもの」ほんとうの気持とはかけ離れた、落ち着いた口調で答えられた。指輪はずしりと重かった。こんな指輪、はずしてしまいたい。

「ヤニスがいたら、どんなに喜んだことでしょう。わたしもとてもうれしいわ」少し息をはずませた声だった。胸がいっぱいになっているのかもしれない。リーアンはなんとか調子を合わせて答えた。

婚約したばかりのフィアンセの役を、リーアンは持てる限りの力を出して演じた。四十分ほどのち、ペイジの病室を出るころには、もうわざとらしさがなくなっていたほどだ。それだけ演じていれば当然のことだが。

車まで戻る間、リーアンはずっと黙っていたし、駐車場から通りに出るまでも、ひと言も話さなかった。それから抑えていた怒りを爆発させ、あつかましい相手に向かって言葉を投げつけた。

「なぜあんなことしたの？」

「きみの気持を確かめずに、かい？　そうは言っても、きみがどれほどペイジを愛しているかを考えれば、初めから結論はわかっているじゃないか」

「だからって何もあそこまで……」

「ぼくも心からペイジを愛している。だからもう残り少ない時間しか持たないペイジを、喜ばせてやりたいんだ。お互いに意見の違いはあるだろうが、せめて、少しの間だけ芝居をしてもいいじゃないか」

「そういうことじゃないわ！」

「それじゃいったいどういうことなんだ？　きみは何を怒っているんだ？　今はペイジの気持を一番に考えてやるべきじゃないのか？」

腹立たしさのあまり、彼の言葉に耳を傾けることはできなかった。リーアンは怒りの言葉を投げつけた。「あなたとは食事をしたくないわ」

「もう予約をしてあるし、きみだって何か食べないわけにはいかないだろう。なぜ一緒に食事をするのがいやなんだい？」

「わたしが怒っているからよ。スープ皿の中身をあなたの頭からぶちまけるかもしれないわ！」

「そうか、それじゃ前もって注意しよう」

「サラダが飛んでいくかもしれないわよ」トゥーラックの有名なレストランの駐車場に入ると、リーアンは不機嫌につぶやいた。

自分にはそぐわない指輪が、手錠のような気がする。リーアンは指輪をはずし、エンジンを止めた彼に渡そうとした。

「はめておきたまえ、リーアン」ディミートリが言った。

「どうして？」

「それはきみのものだからだ」

「ばかを言わないで。こんな高価で、こんな……」美しいと言いかけていたのだった。

「こんな指輪をしてたら目立つわ」

「そりゃそうだろう」彼が皮肉っぽい口調であっさりと認めたので、リーアンはあっけにとられて目を見開いた。

「これを人前で見せびらかせというの?」

「ペイジの枕元《まくら》には電話がある。体力は弱っていても電話ぐらいはかけられるだろう」

しだいにおびえたような表情になってゆくリーアンを、彼はおもしろそうに見つめている。

「うわさを広めたかったら、一人の友だちに知らせるだけでいい。数日のうちには社交界中に知れわたるというわけだ」

「このお芝居を広めようだなんて、ほんとうにそんなことを考えてるの?」

「もちろんだ。どうしても成功させたい」

「成功ってどういうこと?」あっという間に手に負えない事態になりつつあることに気づき、リーアンは強い調子で言った。まるで、小さな雪の玉が勢いがつくにつれて大きさを増し、やがて恐ろしいなだれになっていくようだ。

「明日の新聞に正式な発表が出る」

「そんなことまでしてしまったの?」リーアンの声が思わず高くなった。「自分勝手よ、ひどいわ、そんなの! オーケーしたわけではないのに、反論ひとつできないなんて。わたしの許可もなしに一人で勝手に進めてしまって、それに対してこちらが何も言えないなんて。いったいどういうつもりなの」

「とにかく食事だ」

「食べたくないわ。特にあなたとは食事なんかしたくないの」

「食事をしたまえ」

「同じテーブルに座って、婚約者のふりをするなんてまっぴら。食べ物が喉に詰まってしまうわ」

「ちょっと大げさじゃないか?」

「年上ぶるのはやめて」リーアンは不機嫌に言った。

「前はあんなにすなおだったのに」彼は物思いにふけるような口調で言った。

「よくそんなことが言えるわね。ほとんど一緒になんていなかったくせに」

「ぼくにいてほしかったというわけかい?」

この話題はちょっと危ない。抑えた照明の下で、リーアンの目ははっとしたように見開かれた。「あなたはわたしより十三も年上で、ずっと洗練されていて、わたしなんか足元にも及ばなかったわ。それに、十代の義妹《いもうと》なんかあなたの足手まといだったに違いないわ」

「しかし、ペイジとヤニスの出席するパーティで、きみをエスコートしたこともあったじゃないか」うわべだけはやさしい声だった。

もちろんリーアンもよく覚えている。そのひとつひとつが今も変わらずに心の中に刻み込まれていた。そんなことを思い出していると、また腹立たしくなってくる。彼はかっかとしていたわたしをまんまと操って、緊張をたくみにやわらげたのだ。

「ここはあなたのお気に入りのレストランよね」リーアンは冷ややかな口調で言い、さらに言葉をつけ加えた。「シャンナが来ていたら、どうするつもりなの？」

「二人とも大人だからね」ディミートリはおだやかに答えた。

「このお芝居は……」硬い声だった。「ママのためなんでしょう？　それなら病院以外の場所で婚約者のふりなんかしなくても……」

「演技の場所を限定するのは難しいだろうな。特に明日、あちこちの新聞に出てしまえばね」

「そんなの許せないわ」また新たな怒りがこみ上げてくる。

「二人そろってのデビューはどうしてもしなければならない」彼の言い方はそっけない。

「それに、急に気が変わっただなんて、ペイジになんと言い訳をすればいいんだ？　ふたりきりになるのが待ちきれなかったからとでも？」

思わず彼に平手打ちをくわせたくなり、リーアンは怒りに任せてドアに手をかけた。

「目標を達成するためには、いつも、こんなふうにずるい手を使うの？」

彼の返事を待たずに、リーアンは車から降りて歩きだした。しかし数歩も行かないうちに、彼に追いつかれてしまっただけだった。

このレストランにはペイジと何度か来たことがある。エレガントなインテリアが売りものので、この町の上流階級の人たちがよく足を運ぶ場所だ。だからディミートリもここを選んだのだろう。いやな気分でそんなことを考えていると、ボーイ長が大げさに出迎え、一番目立つテーブルへ二人を案内した。

ディミートリがドン・ペリニョンを注文したので、リーアンはかすかに眉を上げたが、彼はただほほえんだだけで、ソムリエにシャンパンを注がせた。

照明は抑えられ、いかにもムードのある雰囲気を出していたが、リーアンは自分たちが注目の的になっているような気がしてならなかった。繊細なカットをほどこしたダイヤモンドが、薬指にきらびやかに輝く。その指輪の意味を考えると、リーアンは思わず手を引っ込め、膝の上に置いてしまった。

料理はゆっくりと進んでいった。リーアンはまず本日のスペシャルスープから始め、えびの前菜、そしてメインは抜いて、デザートとチーズを選んだ。ひとつひとつ運ばれてくるのがひどく長く感じられ、コーヒーにたどり着いたころには、もう帰りたくてたまらなくなっていた。

表面上は上品に装っているのが死ぬほどつらい。だが礼儀正しくしつけられているので、人前で怒りをあらわにすることもできなかった。

いまいましいことに、彼もそれを知っている。だから上手に芝居を続けていけるのだ。さすがのリーアンもみごとと言うほかはなかったが、それでも、彼がフォークで食べ物を口に運んだり、こちらのグラスにシャンパンを注いだりするのを、煮えくり返るような思いで見つめていた。

濃く、香り高いコーヒーをぼんやりと飲みながら、リーアンは早くこの時間が終わることだけを望んでいた。精神的にすっかり疲れていたし、頭痛もしてきた。

その時エキゾティックな香りが漂ってきた。いいえ、漂うというより波のように押し寄せてくるわ。リーアンは皮肉に考えた。それにリーアンの鼻孔はくすぐられ、続いて甲高い女性の声が聞こえた。

「ディミートリ、こんなところで何をしてるの？　来週まであなたはパースにいるのかと思ってたわ」

「シャンナ」彼は別に感激した様子ではなかったが、やさしい口調だった。

彼女の礼儀正しいあいさつから考えると、リーアンをディミートリの相手として認めてはいるらしい。

「リーアン」ブルネットのシャンナはあでやかなほほえみを浮かべた。「お元気？　休暇でこっちに来てるの？」

「そういうわけでもないんだけど」リーアンはどうにかていねいな受け答えをした。

「ご兄妹《きょうだい》でうちとけたお話？　わたしもご一緒してよろしいかしら？」

「もう帰ろうと思っていたところなんだ」ディミートリはさりげなく言った。

「まだいいじゃないの。わたしもお友だちと来てるの。二人とご一緒できたらうれしいわ」

「ありがとう。でも今夜はやめておこう」

ディミートリが請求書にサインをする間、ひかえめに待っていたボーイ長は、また目立たぬように立ち去った。

シャンナがからのシャンパンのボトルに目をとめた。「最近いいことがあったお祝い？」

「まあ、そういうところだ」彼はそう言いながら、リーアンに意味ありげにほほえんだ。

「ただし仕事のではなく、個人的なことだがね」

「やけに意味ありげね。秘密なの？」

「リーアンにプロポーズしたんだ」

シャンナの顔から一瞬ほほえみが消えた。リーアンは彼女の感情のコントロールのうまさに、ただただ感心した。シャンナの顔にはうれしい驚きといった表情が浮かんでいたが、目にはにがにがしい失望の色が暗く沈んでいた。

「いったいどうやってディミートリにプロポーズなんかさせることができたの？」シャンナがリーアンに言った。

ここはユーモアで返すしかない。きつくなりそうな返事をあいまいなほほえみでやわらげた。「プロポーズと言っても、ただ指輪をはめてくれただけなのよ」

ディミートリが立ち上がり、リーアンに手を差し出した。「それじゃぼくたちは失礼するよ、シャンナ」

しかたなく彼のあとについていきながらも、リーアンは美しいシャンナにかすかに同情を覚えた。人に拒絶されればだれでもひどく傷つくものだ。でも、あなただって四年以上前に彼にひどく傷つけられたじゃない。またそういうことがあるかもしれないわよ。心の中でもう一人の自分がささやく。ペイジが亡くなってからどのくらいで、彼は婚約を解消するつもりだろう――二、三日？　それとも一週間？

「これでもうあと戻りできないわね」ジャガーが走りだし、リーアンが口を開くと、ディミートリはこちらにちょっと視線を向けた。

「別にあと戻りする必要もないじゃないか」からかうような口調だった。

「あの人はあなたの……」リーアンはその先が言えなかった。

「恋人か、と言いたいんだろう？」

「ええ！」

「何度か一緒にオペラに行ったり、劇を見に行ったり、パーティに出席したりしたことはある」

「二人で何をしていようが、わたしは別にかまわないわ」

「そう？」

「たとえあなたが過去に何百人の女性とベッドを共にしようが、わたしにはなんの関係もないことよ」

「ベッドを共にする相手に関しては、ぼくは好みがうるさいんでね」

それを聞くと、どうしても皮肉を言ってやりたくなった。「安心させてあげる相手が違うんじゃないかしら」

彼は何も答えなかったが、彼の最後の言葉には何か重いものが感じられた。そのせいでリーアンは神経の高ぶりを感じ、せき立てられるようにあたりを見回した。

濃紺の空に星がまたたいているのに、夏特有のにわか雨がさっとかかる。それはワイパーが何度か動けば消えてしまうような雨だった。明るいネオンの街灯がまたたき、街路樹が路面に長い影を投げかけている。

やがてタイヤの音が、濡《ぬ》れたアスファルトの上を進む独特のきしみに変わり、車は速度を落として止まった。ディミートリがリモコンで門を開ける。

数分後また別のボタンを操作してガレージのドアを開け、ジャガーはペイジのベンツと豪華な４ＷＤの間にすべり込んだ。

家の中に入ると、リーアンは階段へ向かった。

「ナイトキャップを一緒にどうだい？」

「けっこうよ」リーアンは落ち着いた声で言った。「もう休むわ。疲れているし、頭痛もするし」

「それは残念だな」彼はわざとのんびりした口調で言った。「家に着いたら、かっとしてぼくに噛《か》みついてくるかと思ったのに」

「もちろんそうしたいわ」リーアンはきっぱりと言った。「でも残念ながら噛みつくだけのエネルギーが残っていないの」

彼はかすかに口元をゆがめてほほえんだ。黒い瞳にきらめきが浮かんでいる。「それじゃ、明日の朝、また」

彼に向かって投げつけようとした言葉をのみ込み、リーアンは二階へ上がった。そして服を脱いでメイクを落とし、洗いたてのひんやりとしたシーツの間にすべり込んだ。

疲れているのだから、ほんとうならすぐに眠れるはずだった。しかし心の中にさまざまなイメージが浮かんでくる。母の顔はもちろんのこと、当分の間リーアンの人生を左右する、ほかでもない彼の顔も。

暗い天井を見つめて、どれほど横になっていたのだろうか。だんだん頭痛がひどくなり、しまいに気分まで悪くなってきた。どっと汗が出たかと思うと、次には寒けがする。何か薬をのまないと眠れそうもない。

リーアンはベッドを抜け出し、バスルームのキャビネットの中に鎮痛剤でもないかと探したが、あいにく何も見つからなかった。

こめかみにそっと手を当ててみる。母の部屋に何かあるかもしれない。それでもだめなら、階下へ行ってみよう。

数分後に見つかったのは、パラセタモールという弱い鎮痛剤だけだった。リーアンはいらだたしげにまばたきした。これでも、二錠ものめば痛みがやわらいで眠れるだろうか。

大理石の洗面台の上のタンブラーに水を半分ほど入れたところで、うっかりすべらせ、落としてしまった。ガラスが大きな音をたてて割れる。

「まったくもう」がしゃんという音に、リーアンは動揺してつぶやいた。かなりの音だった。夜のこんな時間に、ディミートリと顔を合わせることだけはしたくないのに。

しかしすぐに彼が現れた。暗く疲れた顔をしている。

彼の目に映る自分の姿が目に浮かぶようだ。コットンのナイトウェア、髪は乱れ、頭痛のせいでどんよりした大きな目、顔も青ざめているだろう。

「起こしてしまってごめんなさい」目が重ぐ、ずきずきする。リーアンは片手を上げたが、また力なく脇《わき》にたらした。「今グラスを片づけるわ」

「そのままにしておきたまえ」ぶっきらぼうな言い方だった。「明日の朝、エレーニに片づけてもらえばいい」彼は薬のパッケージの残りに視線を向け、次にリーアンの青白い顔を見やった。「頭痛がひどくなったのかい？」

「ええ」リーアンは痛みにたじろぎ、彼の力強いイメージとセクシーな魅力をさえぎるように目を閉じた。急いではおったらしい白いタオルのローブが、背の高さと肩幅の広さを強調している。今はひどく動揺しているせいか、リーアンは彼に対してきっぱりとガードを固められる状態ではない。「これをのんで、ベッドに戻るわ」

彼は何も言わずにもうひとつタンブラーを取り、半分ほど水を入れて手渡した。

薬をのみ終えてタンブラーを置き、横を通りすぎようとした時、リーアンはいきなりこちらにかがみ込んだ彼に抱き上げられた。

「下ろして」こわばった声で言ったのは、ナイトウェアが腿までまくれ上がってしまったのがひどく恥ずかしかったからだ。

彼のほうが絶対に強いのははっきりしていた。おまけにこんなに寄り添っているせいか、彼のアフターシェーブローションの香りと、肌のムスクのようなにおいまで感じられる。このままだと唇が彼の首筋に触れてしまいそうだが、わずかに顔をそむけることしかできない。

「自分で歩けるわ。脚はどこも悪くないんだから」頭痛にもかかわらず、こんなに体を接していると、高まってくるセクシーな気分が消えなかった。「下ろしてよ！」

「なぜそんなに神経質になっているんだい？」ディミートリはゆったりした口調で尋ねながら、リーアンの部屋のほうへ歩いていく。

「こんなことしておもしろがってるのね」リーアンはこぶしで彼の肩を叩《たた》いた。まったく効果のない動作に、自分が虎《とら》に向かって羽をばたつかせている蝶《ちょう》のような気がしてきた。

「想像のしすぎだ」

いかにもおもしろがっているような口調だ。リーアンはさらに力をこめて、こぶしで叩いた。「下ろしてって言ってるでしょ、いやな人！」

リーアンの部屋まで来ると、シーツの間にそっと横たえられた。「夜中にまた必要になるかもしれないから、薬を持ってきてあげよう」ディミートリの姿が見えないように、リーアンは目を閉じた。彼が戻ってくるまでに眠ってしまいたい。

その願いもむなしく、彼が部屋に入ってきたのにもちゃんと気づいていた。

そっと頰に触れられ、驚いて目を開ける。

「ゆっくりおやすみ」からかうような調子だ。リーアンが何か辛辣《しんらつ》な言葉を考えつく前に、彼は部屋から出ていった。

3

翌朝リーアンはすっきりとした気分で目覚めた。もう頭痛も完全に治っていた。彼女はシーツをはねのけ、窓辺のカーテンを開けた。

雲ひとつない快晴だ。ためらうことなく水着を取り上げ、バスルームに入る。五分後にはショーツとTシャツという姿で、キッチンへ下りていった。

「おはよう、エレーニ」リーアンは流しでなべを磨いている家政婦に声をかけた。

温かなほほえみを浮かべたエレーニは手を拭《ふ》きながらこちらに向き直り、リーアンの顔をまじまじと見つめた。「で、頭痛はいかがです?」

「おかげさまで、治ったわ」リーアンはほっとしたように言った。そして冷蔵庫を開け、オレンジジュースを取り出して、さもおいしそうに飲んだ。

「ディミートリさまはもう市内へお出かけになりました」

よかった。リーアンは心の中でつぶやいた。一日の始まりからディミートリと顔を合わせるのは、気が重い。

「今朝は病院に寄っていかれるそうです」伝言をしろと言われたのだろう。「それから六時ごろ戻ってくるから、二人でまた一緒にお見舞いに行こう、とおっしゃってました」エレーニの黒い瞳が感激したように輝いている。「ご婚約のこと、聞きましたよ。おめでとうございます」

婚約したというのはペイジを安心させるためのお芝居だ、とあやうく言いそうになった。しかしリーアンはその言葉をのみ込み、エレーニにやさしく抱きしめられると、同じようにやさしく応《こた》えた。

「ありがとう、エレーニ」婚約したばかりの女性にふさわしい夢見るような表情を作るのはやさしいことではなかったが、リーアンはどうにかそれらしいほほえみを浮かべた。

「朝食は何になさいます？　卵、それともフレンチトーストがよろしいですか？」

「泳いでからいただくわ」

病院へ行くためにメルセデスに乗り込んだのは、十時近かった。短い時間で何度も見舞いに行ったほうがペイジを疲れさせないだろうと、リーアンは一日のうちに何度か病院に行くことに決めていた。

ペイジの顔色は悪かったが、それほど容体も悪そうではなく、やつれた表情は見えなかった。

「指輪を見せてちょうだい」病室に入っていくと待ちかねたように言われ、リーアンはすなおに手を差し出した。「とてもきれい。あなたにぴったり」

リーアンはなんとかそれにふさわしい返事をし、ブリリアント・カットのダイヤモンドにうっとりしているふりをした。

ペイジの目にかすかに夢見るような表情が浮かんでいる。「今朝の新聞に婚約のことが出ていたわ」

リーアンは新聞のことなど考えもせず、プールでたっぷり泳ぎ、遅い朝食を食べたあと、急いでシャワーを浴び、着替えをして出てきたのだった。

「来週、うちで内輪のパーティをするのね」母は物思いにふけるように言う。「ガーデン・パーティですって。すてきじゃない」

「ええ、すてきでしょ」ほかに何が言えるだろう？

「ドレスはもう決めたの？」

「ううん、まだ」ドレスはたくさん持っていたし、形式張らない婚約パーティなら、どのドレスでも間に合うだろう。

「ディミートリがもう、主治医の先生や、付き添いの看護師さんと打ち合わせをしてくれたの。ほんの二、三時間なら、ママもだいじょうぶ。ウェディング・ドレスってほんとに特別なものよ」ペイジはかすかに興奮ぎみだった。「きっと白いドレスを着たあなたはすてきでしょうね」

ウェディング・ドレス？　それじゃ、パーティというのは結婚式のことなの？　パニックのあまり、リーアンは息苦しくなった。「ママ……」

「一緒にお買い物に行ければいいんだけど」ペイジはなおもうっとりと話を続けている。「トゥーラックにすてきなブティックがあるの。そこのビビアンに電話しなさい。あの人が何をさておいても、あなたの面倒を見てくれるわ」

信じられなかった。あまりのことにリーアンは茫然《ぼうぜん》としていた。それからゆっくりと怒りがこみ上げてきた。炎のように燃える怒りが全身を駆けめぐり、焼け尽くされてしまいそうだ。

「ママ」リーアンは精いっぱい気持を落ち着けて、口を開いた。「ディミートリとわたしは……」

「もう長いおつき合いよね。十年になるわ」ペイジのブルーの目はこの上ない喜びに輝いている。「きっとすてきな結婚式になるわね。あなたが結婚する日をずっと待ち望んでいたの。しかもママのために日取りを早めてくれたなんて」ペイジはリーアンの指を手のひらに包んだ。「ビビアンに電話をして、何着かドレスを持ってきてもらうわ。花嫁の母親として、ママがドレスを選んであげたいの」

なんということだろう。罪のないお芝居が、今やわたしの手に負えないところまで来てしまっている。いったいどうして？

なんでもないような顔をしていなくては。どんなに腹立たしくても、とにかく母に疑いを抱かせるようなことをするわけにはいかない。

「ディミートリは今朝お見舞いに来たの？」やさしく尋ねると、母は小さくうなずいた。

「朝早くオフィスへ行く途中に来てくれたわ」

たとえペイジが病気という状態でも、ディミートリは自分のペースで行動する。すべて自分でやらなければ気がすまないのだ。

そう思うとリーアンの口元からほほえみが消えたが、なんとかして作り笑いをした。

「結婚式の話までしてしまうなんて、彼に怒ってやらなくちゃ」冗談めかした言い方で、本心を隠した。ほんとうは殺してやりたいくらいだった。彼に対する憎しみが顔に表れてしまわないうちに、病室から出たほうがいい。

「少し休んだほうがいいわ」リーアンは軽い調子で言った。「ビビアンに電話をかけたり、大事な買い物をしたり、いろいろあるの。またお昼すぎに戻って来るわね」前かがみになって母の頬に口づけをすると、その目にかすかに涙が浮かんでいるのが見え、リーアンも胸にこみ上げてくるものをあわててのみ込んだ。

病室を出ると冷たくこわばった怒りがふつふつとリーアンの胸にわき上がり、車に乗り込むころには頂点に達していた。そんな状態で何事もなく市街に着いたのは、奇跡に近かった。

コスタキダス・コーポレーションのオフィスは、スチールとガラスの超現代的な高層ビルに入っている。インテリアもこの上なく豪華な造りだ。

以前この正面玄関を通ってから、もう何年もすぎている。リーアンは落ち着きを装って受付に向かって歩いていったが、まるでファッション雑誌から抜け出してきたような、一分の隙《すき》もなく身なりを整えた若い女性を目の前にすると、ちょっとおじけづいた。

「ディミートリ・コスタキダスにお会いしたいの」リーアンは落ち着きはらった態度で言った。

「ミスター・コスタキダスはただいま会議中でございます。失礼ですが、お約束でございますか？」受付の女性は礼儀正しい口調で言った。

リーアンも同じように礼儀正しく答えた。「それでは、婚約者が会いに来た、とお伝えくださいませんか？」言葉のきつさをやわらげるために、かすかなほほえみまで浮かべる。

「たぶんだいじょうぶだと思いますから」

さすが一流企業の受付をしているだけのことはあった。「かしこまりました」すぐに受話器を取り、しばらく話したあと、受話器をもとに戻す。「ただ今アニタが、ミスター・コスタキダスのプライベート・ラウンジにご案内いたします」

ほどなく、みごとな着こなしの女性がロビーに現れた。古典的な顔立ちに愛想のよい表情を浮かべている。

「ミス・フォードでいらっしゃいますか？　はじめまして。このたびはおめでとうございます。どうぞこちらへ」リーアンは、その、心から歓迎している様子に合わせるのがやっとだった。

ディミートリの豪華なプライベート・ラウンジには、黒い革張りの肘かけ椅子とテーブルがいくつか置かれ、一方の壁にはキャビネットが据えつけられ、フロアから天井までの大きな窓の外に、市街地のみごとな眺めが広がっている。

「ミスター・コスタキダスはすぐ参ります」アニタが言う。「何かお飲み物でも、いかがです？」

できることなら熱湯を、彼の頭からかけてやれるように！　「お水をお願い」これで少しは頭が冷えるだろう。リーアンが冷たい水の入ったグラスを受け取って礼を言うと、アニタは部屋から出ていった。

五分、また五分と時間がたってゆく。ディミートリはほんとうに会議を抜け出せないでいるのだろうか。それとも、わたしの怒りを静めるために、時間稼ぎをしているのだろうか。

まさかそんな。その時ドアが開いて当の本人が入ってくると、リーアンは思わず体がこわばるのを感じた。

フォーマルなダークスーツを着た彼は、近寄りがたい雰囲気だ。向かうところ敵なしという感じにあふれ、油断する相手にはこの上なく危険な存在……。

「リーアン」ディミートリの声は一見おだやかだった。「来てくれるとはうれしいね」

リーアンは彼のほうに視線を向けた。抑えた怒りで目の奥が燃えている。あまりに腹立たしいせいで、あと先のことも考えられない。

「わたしがここに来た理由はわかってるでしょう?」激しい口調で言い返す。

彼のかすかなほほえみさえ挑発的に感じ、リーアンはさらなる戦いのために立ち上がった。

「ランチを一緒にどうだい?」おもしろがっているゆったりした口調に激怒して、リーアンの目には、サファイアのように青い炎が燃え上がった。

「よくも落ち着いてランチだなんて言えるわね?」

彼が片方の眉をちょっと上げた。「ペイジはほんとうに喜んだだろう? ふつう婚約発表の次は結婚式と決まっている」

「そのとおりよ。でもそれは、婚約が見せかけだけでない場合よね。わたしたちには結婚式なんかありえないのに!」リーアンはできるだけ背伸びをしたが、まだそれでも小さいような気がした。十センチのヒールをはいているのに、彼の顔と肩はずっと上にある。

「夢見心地のママの気持にブレーキをかけて、傷つけないように、それとなく説明することだってできたはずでしょう。どうしてそうしなかったの?」

ディミートリがすぐそばにやってきた。彼がそばにいると思うだけで、リーアンの背筋に激しい震えが走る。

「きみには、ペイジを幻滅させることなどできたかい？」彼の声は危険なほどなめらかだった。

「変なこと言わないで」リーアンは怒りを抑えて言い返した。そして呼吸を整え、また痛烈な攻撃を始めた。「だれも、たとえママだって、人がいやがるものを無理強いすることはできないわ」

目元にも皮肉っぽい表情を浮かべ、彼はかすかにほほえんだ。「ぼくと結婚するのがそんなにいやなことかい？」

その言葉が心にぐさりと突きささり、リーアンはおびえたようにディミートリを見つめた。「いったいどういう意味？」

「ぼくたちは何年も前からの知り合いで、お互いに、まあ好意を持っている。遺産目的の結婚だということも承知しているわけだし」

リーアンは信じられないといった様子で、目を大きく見開いた。「どうかしてるわ」

「そうかな？」皮肉っぽい言い方だったが、目はまっすぐこちらを見つめている。「ぼくの運命が逆転して無一文にでもなったら、まわりの適齢期の女性たちはみんな逃げ出すだろう」彼は唇をゆがめてほほえんだ。「正直になったほうがいいと思わないかい？」

リーアンは自分に言い聞かせた——深く息を吸って、今のところはかっとしてはだめよ。

「信じられないわ」なんともやりきれない気持だった。まともに息ができないような気がする。「それじゃ、わたしの人生はいったいどうなるの?」

彼に顎を持ち上げられ、無理やり視線を合わせられてしまった。「きみは幸福になるだろう。信頼できる男がそばにいるという安心感も持てる。そういうのは大切なことだとは思わないかい?」

彼がすぐそばにいるので緊張感が高まり、ひどく相手を意識してしまい、視線を合わせていられない。「愛情はどうなの?」

彼はしばらく黙っていたが、やがてなめらかな口調で切り出した。「きみは愛情をどう定義するのかな?」

精神的にも肉体的にもぴったりと調和する二人の人間の間に生まれる、何ものにも勝る特別な感情だ——リーアンは思った。

「どういうものかわたしにだって考えはあるわ」落ち着いた返事に、彼は口元をゆがめて皮肉っぽくほほえんだ。

「理想と現実にはギャップが、というわけか?」

「あなたの皮肉にはついていけないわ」

「それは残念だ」

こんな結婚をしたら、いったいどういうことになるのだろう。そう思っただけで、みぞおちのあたりがきゅっと痛んだ。耐えられるだけの力があるだろうか？　わたしにそんな力があるだろうか？

「婚約発表の一週間後に結婚式だなんて、常識はずれよ」リーアンはゆっくりと口を開いた。「世間がいったいどう思うかしら？」

「結婚するまではベッドを共にしないと、きみが強く主張したと思うさ。でなければ避妊に失敗して、きみが妊娠してしまったとでも思うかな」

リーアンは思わず頬を赤らめ、彼にグラスを投げつけたいのをどうにかがまんした。

「ぼくにはベッドできみを喜ばせることができないとでも思っているのかい？」

リーアンの頬がますます赤くなった。しかも、すぐそばでこちらに向けられている彼の目がおもしろそうに輝いているのを見ると、リーアンはもう死んでしまいたいような気分になった。

顎をとらえている彼の手を振りほどき、〝こんな結婚はやめにして、母にほんとうのことを話すわ〟と言うのよ。もう一人の自分が心の中で叫んでいた。

しかし、リーアンは二人を引きよせる官能の罠《わな》に身動きができなくなっていた。その魔力はあまりにも強く、彼に身を寄せて口づけをせがみたくなる気持を抑えるのがやっとだった。

なんとかして彼に対抗できる答え方をしなくては。リーアンはそう決心して勇気をかき集め、口元にほほえみを浮かべ、いたずらっぽく目を輝かせた。

「きっとそれなりのテクニックを持ってると思うけど……」からかうような口調で言いながら、つい口がすべってしまった。「もし持っていなかったら、わたしの好みを教えてあげてもいいわ」リーアンは片方の眉を上げ、部屋の中をさっと見渡した。「ここならだいじょうぶそうだけど、いつ何時、じゃまが入るかもしれないわね」必死で言葉を続け、ちょっと投げやりな感じの声を出した。「ボスとフィアンセが愛し合っているのを見たら、アニタはショックを受けるわね。ショックを受けるどころじゃすまないかもしれないわ」

そして誘いかけるようなほほえみを浮かべる。「わたしとしては寝室のほうが好みだけど」

もう、わたしったら何を考えているのだろう？　まるきりその気もないのに、こんなふうに挑発するようなことを言ってしまって、まったくどうかしている。

「まあ、プライバシーが保てることと、居心地のいいのは必要条件だろうね」ディミートリが危険なほどゆったりとした口調で言うと、リーアンは視線をそらした。

わたしがすでに何人かの男性と関係を持っていると思えば、彼は結婚、結婚と言わなくなるのではないだろうか。ふつう、夫となる人は、さまざまな事情を大目に見て、相手に何人かの男性と経験があったとしても、理解してくれるだろう。しかしディミートリは、そういうことを簡単に許しそうもない、という気がする。わたしが何人もの男性と関係を持ったとほのめかしたりすれば、すぐに婚約解消ということになるのでは……。

「食事に行こう」

彼のほうに視線を向けると、細められた目に不可解な表情がうかがえた。

「だめなの」リーアンはほほえみを浮かべて断った。彼と向かい合わせに座り、ワインを飲んだり、料理を口に運んだりするのかと思うと、耐えられなかった。「午後また病院に行くとママに約束してしまったし、五時に美容室の予約をしてあるの」美容室のほうはたった今考えた口実だった。「六時すぎに病院で会いましょう」とにかく彼から離れたかった。だからつかるだろう。

彼がドアのほうへ向き直ったのを見て、リーアンは安心した。

「それじゃ、エレベーターまで送ろう」

「だいじょうぶ、一人で行けるわ」その声は自分の耳にもこわばって聞こえた。肘にそっとあてがわれた手がいやだったが、いらだたしさを押し隠して、受付の前を通る。

ボタンを押すと、ほどなくエレベーターが来た。ああ、よかった。リーアンは救われた気分で、地下駐車場まで下りていった。

まるで機械になったような動きでハンドルを握り、トゥーラックに着くと、ペイジが行きつけにしている美容室の予約が取れた。そろそろ一時だ。リーアンはその足で、ペイジご推薦の高級ブティックへ向かった。すでにビビアンに連絡が行っていたらしく、たくさんのデザインが用意されていた。

シルクとレースのロマンティックなロングドレスに、段のついたベール、それにクリーム色の蘭《らん》のブーケ。ペイジはもうすっかり決めてあった。ありがたいことに、ビビアンも全面的に賛成してくれた。それから実に専門家らしく貴重なアドバイスをしてくれたが、リーアンの思っていたこぢんまりとした内輪の結婚式を、この女性はなんとしても今年の社交界の一大イベントにしたがっているようだった。

病院に着いたのは三時すぎだった。ペイジと楽しく話をして十分ほどたったころ、ディミートリが病室に入ってきた。

彼の姿を見ると、リーアンは胸がどきりとした。一瞬彼と視線がからみ合ったが、すぐに視線をそらす。

そのあとの三十分ほど長く感じたことはなかった。何気なく会話に加わっていたものの、あとから思い出してみようとすると、リーアンは自分の言葉もほとんど覚えていなかった。一度、彼のほうをちらと見たが、黒く輝く目の奥が自分を笑っているように思え、それからはかたくなに視線を避けた。

三十分ほどしてペイジに疲れが見えはじめると、そろそろ休ませたほうがいいと言いたげに、ディミートリは優雅なしぐさで立ち上がった。

数分後二人は受付を通り、駐車場のほうへ向かった。ペイジのベンツの隣に、彼のジャガーが止まっている。

「まっすぐ家へ帰るのかい？」

そう尋ねられると、反発したくなった。リーアンはわざと残念そうなほほえみを浮かべ、車のキーを差し込んだ。

「お店が閉まる前に、まだ少し買い物をするつもりなの」ドアを開けて運転席に座っていても、彼が開いたドアのこちら側にゆったりと立ち、ルーフに腕をかけて見下ろしているので、ひどく居心地が悪かった。

「エレーニがお祝いのディナーを準備しているそうだ」二人きりの食事のことを考えると胸がどきりとしてしまい、リーアンは彼のほうに表情豊かな目を向けただけで、エンジンをかけた。彼がドアを閉めてくれた時には、救われたような気分だった。

リーアンの車が走りだした時、彼も車に乗り込むのが見えた。道路の車の流れに入ろうとして待っていると、ジャガーはすでにすぐ後ろに来ている。

まったく。二時間もどこへ行けばいいだろう。ほんとうは家へ帰り、水着に着替えてプールでゆっくりと泳ぎ、冷たいものでも飲みたかった。それから何か少し食べたい。考えてみると、朝食のあと何も口にしていなかったのだ。

市内に戻る気はしなかったので、とりあえずトゥーラックへ向かい、車を止めてビビアンのところへちょっと寄ってみた。それから雑誌を二、三冊買い、しゃれたカフェでサラダ・サンドイッチとミネラルウォーター、それにカプチーノを注文した。

リラックスしなくては。ゆったりと座って雑誌をめくっていると、気分が落ち着いてきた。しかし、こちらが一人だと見て、いかにもマッチョタイプの若者が二人、さかんに視線を向けてくる。ここも引き上げたほうがよさそうだ。

近くにエレガントなランジェリー・ブティックがあった。ゆっくり店内を回ってから、クリーム色のシルクのナイトウェアと、いくつか必要なものを求めた。それから必要もないのにシャンプーとカットをしてもらい、肩までの長さの髪を、アップにしてもらった。

とりあえず格好を整え、美容室を出ると六時だった。あとはだんだん病院に近づいていくだけ――そしてディミートリにも。車を走らせながら、リーアンはそのことばかり意識してしまう。

病院の駐車場にはジャガーは止まっていなかった。リーアンはほっとして小さなため息をもらし、車をロックした。

受付はひっそりとしていた。ペイジの病室へ足早に歩いていったが、ベッドの端にディミートリが腰かけているのが見えると、リーアンはにわかに立ち止まってしまった。

病室に入っていくと、彼が立ち上がった。やさしげなほほえみを浮かべていたが、目の表情は読み取れない。「ジョージに送ってもらったんだ」その言葉に、リーアンは急いで驚きの表情を隠した。

母にあいさつをし、ディミートリの引き寄せてくれた椅子に腰を下ろす。なんと彼はすぐ後ろに立っている。そのせいで洗いたてのシャツとアフターシェーブローションの入りまじったかすかな香りが、気になってしかたがない。

両手が肩に置かれるたびに、胸の鼓動が激しくなる。そのあとリーアンは精いっぱいの演技をして、はずんだような声でいかにも結婚式が待ちどおしいそぶりを見せた。

「一週間後の午後に」ディミートリが言った。「もう司式をする神父や、料理や、花や、招待状の手配もすんだよ」

なんてこと……。止まらないジェットコースターに乗せられているみたいだ。

「週末はシティ・ホテルに泊まって、ハネムーンの代わりにしよう」彼がちょっと残念そうに言った。

いつなんどき急変するかもしれないペイジの容体を考えてそういうことにしたのは、三人ともよくわかっていたが、ペイジは気づかないふりをした。

「ギリシアへいらっしゃいよ」楽しい追憶に思いをはせる表情で、ペイジが熱心にすすめる。「とてもきれいな島があるの。サントリーニとか、ロードスとか」

「ぜひ行ってみます」ディミートリが安心させるように言った。そしてペイジのこめかみにそっと唇を触れた。「疲れたでしょう。少し休んだほうがいいですよ」

リーアンは彼のあとに従って車まで行き、キーを渡して助手席に乗り込んだ。

病院から家までの距離がこれほど長く感じられたことはなかった。リーアンはその間中ずっと、首をしめつけられるような気がしてしかたがなかった。

車は特徴のある門の前で速度を落とし、邸内の車道を進み、ガレージに入った。

「食事の前に何か飲むかい？」

家の中に入ると、ゆったりとした口調で尋ねられた。リーアンはしばらく何も言わずに考えてみた。今日は朝食とサンドイッチだけしか食べていない……空腹にアルコールはやめたほうがいいだろう。でも、ほんの少しでもアルコールを取らないと、エレーニの心尽くしの料理を最後まで食べる気力が出ないような気もする。

「ええ。軽い白ワインがいいわ」

しばらくして冷えたシャルドネを飲むと、体がほのかに暖まり、高ぶった神経が静まっていった。

「何か話したいことは？」リーアンは何気ない口調で言ってみた。こちらの心の中を探るように見つめる彼のまなざしを落ち着きはらって受け止めていたが、やがて彼から視線をそらした。

「二人でさしさわりのない上品な会話でもしようというのかい？」

おもしろがっているような言い方だ。リーアンは軽く肩をすくめた。「別にかまわないでしょう？」

「なんでもいいんじゃないかな」皮肉っぽい調子で言いながら、ディミートリは唇の端をちょっと上げた。「結婚式のこと以外ならね」

リーアンは胸のあたりにむかつきを覚えた。あまりいい気分になりすぎないようにしなくては。ひょっとしたらワインがいけなかったのかもしれない。

「それから、ぼくのベッドでのテクニックのこともやめておこう」彼がにがにがしげに言った。「しかし、試してみたいとは思わないかい、ベッドでの……」そこでわざと口をつぐみ、危険なほどなめらかな声で言葉をつけ足した。「テクニックを」

から元気をつけるために、そして彼にショックを与えるために、リーアンはわざと時間を取った。「ほかで試してみたことがあるけど、たいしたことはなかったわ」

かなり好きだった相手と一度だけそうなりかけたのは、事実だ。しかし、最悪だった。いざその時になってみると、リーアンのほうがパニックになり、何も起こらないうちにやめてと言ってしまったのが原因だ。激怒した相手が帰り際に投げつけた辛辣《しんらつ》な言葉が、何週間も耳に残っていたものだ。でも、ディミートリにそんなことを言うつもりはない。

「そう?」鋭い刃物でベルベットを切り裂くような声だった。「ぼくならその感想を変えられるかもしれない」

リーアンはわざと考え込んでいるような表情を浮かべた。「そうかもしれないわね」かすかに肩をすくめる。これは危険なゲームだ。しかもこの上なく愚かなゲームでもある。

「でも、あなたじゃ、その気にならないの」わたしったら何を言ってるの。ディミートリみたいな辣腕の男性を相手にこんなふうに言葉のゲームをするなんて、しろうとがニトログリセリンを扱うのと同じくらい危険だ。

「食事にしましょうか？」これがわたしの声だろうか。なんだかとても落ち着いて聞こえる。緊張しきったせいで、内心はひどく震えているのに。

「エレーニがきみの大好物のムサカを作ったんだ。むだにしたらがっかりするよ」彼がなめらかな口調で言った。

エレガントなセッティングのテーブルをひと目見ると、エレーニの心づかいが感じられた。最高級のダマスク織のテーブルクロス、最上の陶器、そして銀器やクリスタル。キャンドルや花がさらにエレガントな雰囲気を添えている。テーブルの脇《わき》には銀のアイス・バケットにシャンパンが冷やされ、二人の皿の上には赤いばらがななめに置かれていた。

エレーニの心をこめた料理の数々を見ていると、リーアンはなんだか彼女を裏切っているような気がしてきた。もしディミートリとの婚約の真相を知ったら、エレーニはどんなに衝撃を受けるだろう。

「少しにしておいて」料理を取り分けようとして、ディミートリが皿を取り上げた時、リーアンは言った。

人もうらやむほどの料理の腕前を持つエレーニのことだから、おいしいのはわかっている。だが何度か口に運んだあとは、皿の上の料理をつついただけで、メインの料理には手をつけず、ケーキをひとかけら、それにぶどうを少し食べただけだった。

食事の間中、二人はさしさわりのない会話を続けていた。政治の情勢とか、コスタキダス・コーポレーションのこととか、彼の、シドニー、ローマ、アテネ、チューリッヒ、ルツェルンを七カ月で回った旅の話とか。

ディミートリはくつろいで座っていたが、生まれ持ったいかにも男らしい雰囲気を漂わせていた。その男らしさと圧倒されるようなセクシーな魅力が混ざり合った様子に、賢い女性なら危険を感じて逃げ出すだろう。

時間がたつにつれ、リーアンは息苦しさを覚えた。心臓の鼓動ひとつ、呼吸のひとつさえ、ひどく意識してしまう。

「キッチンへ下げるわ」そう言うのが精いっぱいだった。エレーニももう自分の部屋へ下がってしまっただろう。「それからコーヒーをいれましょう」

「ぼくは海外に電話をかけて、いくつかファックスも送らなければならない」落ち着いた様子で言いながら、彼は立ち上がった。「コーヒーは書斎に持ってきてくれないか？」

ええ、とだけ答えて、リーアンはてきぱきとテーブルの上のものを全部ワゴンに乗せてキッチンへ運び、料理の残りを冷蔵庫にしまってから、食器類を食器洗い機に入れた。

しばらくしてコーヒーの用意ができると、カップとポットをそろえ、クリームや砂糖も添えてトレイにのせ、書斎へ向かう。

　大きなローズウッドのデスクに寄りかかり、ディミートリは受話器を片手に、だれかとギリシア語で話していた。

　リーアンは、その背の高い男らしい体に視線を向けた。さっきまで着ていた上着を脱ぎ、ネクタイも取り、シャツのボタンをはずしている。

　片手をズボンのポケットに入れて立っている彼の全身から強いオーラのようなものが感じられ、なんとなくおじけづいてしまう。胸のあたりが揺らぐのを感じ、彼と視線が合うと不安のあまり、リーアンは胸にきゅっと痛みを覚えた。

　ギリシア語はわからなかったけれど、会話を盗み聞きするつもりはなかったので、彼女はトレイをそっとデスクにのせて出ていこうとした。しかしそこで、彼に手首をつかまれてしまった。

　リーアンは驚いたように彼を見つめ、やめてと口を開きかけたが、話が終わって彼が受話器を置いたので、そのまま口をつぐんでしまった。

　彼は謎《なぞ》めいた表情でトレイのほうにちらと視線を向け、カップがひとつしかないのに気づくと、おやというように片方の眉を上げた。「きみは飲まないのかい？」

「ええ、わたしにはちょっと強すぎるの」リーアンはなんとかして落ち着いた声を出そうとした。「それに、おじゃまをしたくないし」

とにかく今は自分の部屋へ上がってしまいたかった——頭痛でもなんでも、それらしい口実を考え出さなくては。

「じゃまだって?」彼はそう言いながら立ち上がった。そしてリーアンの首に当てた手をうなじに回し、彼女を引き寄せた。

それ以上近づきたくなくて、彼の胸を両手で押しやろうとしたのに、片手を背中に回され、さらに引き寄せられてしまう。

わたしに口づけをするつもりなのだ。こちらに身をかがめてくる彼の目の奥の輝きに、はっきりとその意思が見て取れた。

声をあげようとしたが、唇をふさがれ、官能的な動きでゆっくりと愛撫《あいぶ》が始まると、言葉は消えてしまった。彼の舌が唇の上をすべり、やがてじらすように中に差し入れられ、こちらの反応をうかがっている。リーアンはとても逆らえなかった。

まるで、見知らぬ海を漂っているような感じだった。その海を漂ったまま、二度と岸辺にたどり着かないのではないかと思うと、リーアンは恐ろしいほどの不安を覚えた。

ずるいわ、こんなやり方は。だが、彼の唇の感覚が微妙に変わると、パニックに襲われたように、リーアンは理性を失ってしまった。

リーアンがはっと息をのんだのをきっかけに、口づけが激しくなり、彼の唇が我が物顔にふるまいはじめる。まるで魂まで奪い取られるようだった。

やがて五感の波長が彼とぴったりと合い、リーアンは全身がいきいきと息づいているのを感じた。これまで気まぐれな夢の中でしか行ったことのないところへ導かれていく。いつか、リーアンは自分から口づけに応えていた。

さらに彼の体に包み込まれるように引き寄せられると、彼の官能の高まりに触れて強いショックを覚え、身を振りほどこうとした。彼の男らしい力強さと自分の弱さが恐ろしくなったのだった。

厚い胸板を押しやり、無理やり唇を引き離したと思ったが、実は彼のほうで力をゆるめてくれたのだ、と気づいた。

身をかわしたりして、かえってまずかったかもしれない。背を向けて逃げ出したかったが、両足は凍りついたように動かない。彼の細められた目を見ると、リーアンの濃いブルーの目は大きく見開かれた。

彼の手が彼女の両腕に下りてきて、胸骨に沿って曲線を描く。そのとき親指が胸のふくらみをかすめ、その頂がにわかに固くなったのを気づかれてしまった。彼の手に触れられて、ゆっくりと体中に官能の波が広がっていき、体の奥底にまで到達し、やがてリーアンは全身が熱く燃え上がるのを感じた。

くやしいけれど、どうしても反応してしまうのを隠せない。指先でそっと唇に触れられると、リーアンは口元を震わせたまま、身動きもせずに立ち尽くしていた。

「ぼくではその気にはならない、という意見は取り消しにしてもよさそうだね」ディミートリはやさしい口調で言いながら、リーアンの乱れた髪を耳の後ろにかき上げた。「もう寝たほうがいい」指先で顎を持ち上げ、自分のほうに無理やり視線を向けさせた。「そしてゆっくりおやすみ……できることなら」

もう挑発するようなことはやめよう。ただ、この敵の前からさっさと逃げ出すのは、プライドが許さない。

リーアンはわざとゆっくり彼に背を向け、落ち着いた足取りで歩いて部屋を出た。静かにドアを閉め、二階へ上がっていった。

4

結婚式までの日々は、ペイジを見舞う合間を縫っての、ドレスの仮縫いや買い物に追われて、とにかく無我夢中のうちにすぎてしまった。何度もエレーニや、ケイタリング業者と打ち合わせもしなくてはならなかったし、電話連絡も山ほどあった。当然のことながらゴールド・コーストへもあわただしく飛び、ビューティ・クリニックを任せてあるシニア・アシスタントに、これからも続けて経営を頼む旨を伝えた。

メルボルンへ戻ってみると、故意か偶然か、ディミートリも忙しそうにしていて、リーアンが朝食に下りてくる前に出かけ、ペイジの見舞いに行くころ戻ってくる毎日だった。その後の四日のうち二晩などは、仕事関係のディナーだとかで、帰ってきたのはリーアンがベッドに入ってかなりたってからだった。

だからといって別に気にもしないし、第一彼にかまってもらいたくもない――別にわたしに愛情など感じてほしくもない。リーアンは自分にそう言い聞かせようとした。

でも、心の奥底では、嘘《うそ》だとわかっていた。日ごとに、彼の視線やしぐさに敏感になっていく。やろうと決めたゲームに関しては、必ずディミートリは名人で、こちらは初心者だった。くやしいが、彼もそのことをわかっているのだ。彼の目のかすかな輝きや、ふとしたほほえみにそれが明らかに感じられると、リーアンは耐えられないほどいらだたしくなった。

金曜日は朝からよく晴れていた。流れの速い潮に押し流されるように、大勢の人々がいろいろな準備に詰めかけるのを、リーアンは茫然《ぼうぜん》と見つめていた。

前日に設営されたテントには、昼までにテーブルがすべてセットされ、それぞれリネンや食器やクリスタルが置かれ、蘭《らん》の花が飾られた。ケイタリング業者も到着し、エレーニの鋭い監督のもとで料理が調えられていく。

一時にリーアンは二階に上がり、シャワーと身支度にかかり、ディミートリは病院へ、ペイジと付き添いの看護師を迎えに行った。

二時にはビビアンが来て、ペイジの着替えの手伝いをし、リーアンのドレスとベールの着つけをした。四十五分後、カメラマンが、続いて招待客が到着しはじめた。

ペイジは痛々しいほど衰弱して見えたが、それでも持ち前の気丈さを見せて、これからの数時間のために全身の力を振りしぼっているようだった。

立ち止まって考える時間など、なくてよかった。そんな暇があったとしたら、リーアンはとても最後まで演じ通す気力を持ちつづけられなかっただろう。

実際に起きたこと——庭園の隅に作られた花で飾られたあずまやのほうへ、いつの間にかディミートリと並んで歩いていく自分。車椅子に乗ったペイジ。そして招待客の意味深長な、しかしフォード家とコスタキダス家ならいい縁組みだと認めるささやき。結婚指輪の交換と、花婿から花嫁への口づけ……。

それからまた写真撮影があり、招待客の間をシャンパンが回り、続いてオードブルとさらにシャンパンがサービスされた。

五時半になるとメイン料理が出された。どんなにうるさい人でも食欲をそそられるような、グルメ向きのヨーロッパ各地の料理だった。

予定どおり、八時になると招待客は帰りはじめた。全員がいなくなってから、リーアンはようやくウェディング・ドレスを脱ぐことができた。

使用人のジョージが荷物を詰め、ディミートリのと一緒にジャガーのトランクに入れておいてくれた。病院の正面玄関にディミートリの運転する車が横づけされたのは、もう九時近かった。

ペイジはひどく疲れた様子で、肌が青白く透けるようだった。しかし目はいきいきして、リーアンと同じように輝きのある深いブルーの瞳をしていた。

「ベッドに入るまでそばにいてあげるわ」リーアンがやさしく言ったが、ペイジはかぶりを振った。

「そんなことしなくていいわ。それに、ママはとても疲れてるの。明日の午後来てちょうだい」

ディミートリがペイジを車から抱き降ろし、車椅子に乗せるのを、リーアンはなすすべもなく見つめていた。あわただしく抱き合ったあと、車椅子のペイジは看護師たちに連れ去られ、見えなくなった。

ほんとうは家へ帰りたかった。そして今日という異常な一日を忘れてしまいたい。無理だとわかっているけれど。

今日までの日々、リーアンは鷹《たか》の爪にがっしりととらえられた鳩《はと》のような心境だった。その間、激しい胸の鼓動を抑えながら、つつかれて体をずたずたに引き裂かれるのを待っているような感じだったのだ。

リーアンが助手席に乗り込むと、ディミートリも運転席に座った。

「ナイトクラブに行こうか?」

ナイトクラブと聞くと、ほの暗い照明にたばこの煙、にぎやかな音楽が頭にちらついた。彼が時々顔を出す高級クラブに行けば、いつなんどきシャンナにでくわさないとも限らない。そんな時、有頂天になっている花嫁の役を演じるのかと思うと、リーアンは耐えられなかった。しかし、かといってホテルのスイートルームで彼と二人きりになるのもいやだ。

リーアンは黙ってかぶりを振って断った。

「それじゃ、どこかでコーヒーでも飲もうか？」

とにかく早く服を脱ぎ、メイクを落として心地よいベッドに入りたかった。

「いいえ、いいわ」できるだけ礼儀正しく断る。リーアンが座席の背に頭を預け、目を閉じると、彼はエンジンをかけ、車は静かに走りだした。

十分ほどで豪華なホテルに着いた。コンシェルジュにかしずかれ、ディミートリがチェック・インをすませた。

二人の泊まるぜいたくな広々としたスイートルームは、市街を見下ろす高層階にあった。リーアンは部屋の中をざっと見回し、それからキングサイズのベッドにほんのわずかな間、視線を向けた。

不安のあまり花嫁が初夜に気絶したというのは、暗黒時代の話だ。でも、今の状況はふつうではないし、わたしが愛を誓った相手というのもふつうの男ではない。

「バーの冷蔵庫にシャンパンが入っている」バッグから服を出し、ワードローブにかけながら、ディミートリが言った。

シャンパン？「いただくわ」リーアンは軽く肩をすくめた。シャンパンでも飲めば、高ぶった神経が休まるかもしれない。

ディミートリはシャンパンを開け、細いグラスをリーアンに渡した。

なんだかこの部屋やベッドを見ていると、息が詰まりそうな気がする。もちろんこの人もそうだ。部屋の中で我が物顔にふるまっている。ナイトクラブを断ったのは、あまりいい考えではなかったようだ。

「うちに戻ったほうがよかったんじゃないかしら」リーアンが思い切って言うと、ディミートリはおやというような視線を向けた。

「なぜ夢を壊すようなことをするんだ？」

「だって母は……」

「病院にはここの電話番号も、ぼくの携帯電話の番号も伝えてある」

どうしても沈んだ表情になってしまう。なんとかして気持を落ち着けなくては。リーアンはすがるような思いで、シャンパンを少し飲んでみた。

「スーツケースの中身を出すわ」彼女はなんとか落ち着きを装い、グラスをテーブルに置いた。しばらく忙しく始末をしたあと、化粧品とナイトウェアを持ってバスルームに向かう。

自分がぎりぎりと巻かれたばねのように緊張しているのがわかる。とにかく服を脱ぎ、シャワーを浴びよう。

温かなお湯が肩から背中に流れてゆくに任せ、じっとその場に立ったまま、リーアンは緊張をほぐした。それからせっけんを泡立て、ゆっくりと体を洗った。

タオルを巻きつけ、ナイトウェアを着た。体にまとわりつくようなシルクで、腿の途中までの長さだった。鏡を見てみると、それほどセクシーという感じもしない。それでも慎み深い花嫁という役柄にふさわしく、その上から薄いガウンをはおった。

髪はまだアップにしたままだった。機械的にピンをはずして髪を下ろし、手で整える。やさしげな顔にはちょっと大きすぎる怖い目をした青白い少女が、鏡の中からこちらを見つめ返している。そう、まるで十七歳と言ってもいいくらいの少女！

ディミートリの恋人になることを夢見ていたこともあったが、現実は大違いだった。

どうしよう。わたしにはとても最後まで演じ通せない。関節が白くなるほど洗面台の縁をきつく握りしめ、リーアンはバスルームを出るためにありったけの勇気をかき集めた。

もうためらわずに寝室に出ていったが、大きなベッドが目に入ると、はたと足取りは止まってしまった。カバーがめくられ、枕元《まくら》の淡い明かりだけがついている。リーアンはディミートリのほうをちらっと見た。彼はすでに上着とネクタイを取り、ボタンをはずしたシャツをズボンの上に出していた。

謎《なぞ》めいたまなざしをこちらに向けた彼は、リーアンの、襟ぐりもひかえめな半袖《はんそで》のナイトウェアに視線を向けた。「すぐに戻るよ」

リーアンは無造作に肩をすくめた。「どうぞごゆっくり」ひと晩中でもいいわ。ほんとは永遠にとでも言いたいところだけど！

しばらくして、シャワーの音が聞こえてくると、リーアンは落ち着かなげに部屋の中を歩き回った。

服に着替え、下りていってタクシーを呼ぼうか、という考えが一瞬頭をよぎった。もちろんそんなことをしても何もならないし、かえってこちらの不安な心境があらわになって、ディミートリの失笑を買うだけだろう。

数分ののち、シャワーの音がやんだ。リーアンは目を固く閉じ、またゆっくりと開いた。ほんとうのことを言うのよ――心の中でもう一人の自分の声がする。でも、あんなに挑発的なことを言ってしまったあとで、ほんとうは初めてだなんて白状しても、信じてもらえるだろうか?

人影が見えたのでそっと振り向くと、ディミートリが寝室のほうに入ってきた。背の高い男らしい体に、わずかに腰にタオルだけを巻いている。

肩幅が広く、筋肉質の濃く日焼けした肌には、胸元から引きしまった腰とがっしりした腿のほうに向かって、黒い体毛が見えた。

リーアンは無意識のうちに下唇を噛《か》み、体がほてるにつれてたよりなくなってゆく感覚を振りはらおうとした。彼がもっと肌を出した姿でプールで泳いでいるのだって、見たことがあるじゃない。なぜ、タオルを腰に巻いた姿を見たくらいで、そんなにどぎまぎするの?

胸の鼓動が止まりそうになったかと思うと、次にはまた早鐘のように打ちはじめる。デイミートリは目に謎めいた表情を浮かべ、さまざまな感情がよぎるリーアンの顔をじっと見つめた。

わたしとベッドを共にしようがしまいが、彼は別にどうでもいいのだろう。それはわかっていても、リーアンは胃のあたりがきゅっと痛んだ。どちらにしてもわたしの負けなのだ、と思うと、ひどく腹立たしくなる。こちらに勝ち目はないのだ。

くるりと背を向けて逃げてしまいたいと思う反面、ちょっと向こう見ずなもう一人の自分が、試してみればとささやいている。彼の腕の中でなんの反応も示さずにいれば、完全に負けたということにはならないだろう。小さな復讐《ふくしゅう》。でもそれはとても甘美な復讐でもある。

リーアンはつんと顎を上げ、まばたきひとつせずに彼と視線を合わせた。「さっさと片づけてしまいましょうか?」彼の耳にも抑制のきいた声に聞こえただろうか?

彼は片方の眉を上げた。「それはそれは、ありがたいことで、マダム?」なめらかな調子であざけるように言いながら、ゆっくりこちらへ近づいてきた。

思わずひるんでしまいそうな鋭い視線。その目がほんの一瞬輝き、次にはかすかにまぶたが細められた。彼は両手でリーアンの顔を包み込んだ。

震える唇に彼の唇が重ねられ、次にはやわらかな内側をじらすようにまさぐられた。

そのエロティックな動きに身構えるように、リーアンの全身がそうけだち、ほてりが血管をかけめぐると、つい、聞こえないほどかすかな声をもらしてしまう。

リーアンは反応を示さないように体を固くして目を閉じた。体の奥底にまで触れてくるようなやり方をやめてほしかった。そのデリケートな動きのせいで欲望に火がつけられ、彼の首にしがみつきたくなってしまう。

両手がゆっくりと下りてゆき、ナイトウェアの裾《すそ》からしのびこんでヒップを包み込み、それからウエストのくびれを探り、最後は胸のふくらみをとらえた。

指先で触れられて、胸の頂がかすかに固くなるのを止めようもない。シルクのナイトウエアを脱がされると、リーアンは思わずはっと息をのんだ。

胸のふくらみに片方ずつやさしく指先が触れ、その指は腿まですべり下りていく。

彼は何も言わずに、喉元のくぼみに口づけをし、エロティックな動きで愛撫《あいぶ》を始めた。

そんな彼に対して、リーアンは高まっていく感情を押しとどめるすべはなかった。

両腕に抱え上げられた時は、大きな声で叫びそうになった。しかし、ベッドに横たえられた時には、もうすっかり力が抜けていた。こちらへ近づいてくる彼の姿が、とても大きく見える。

彼はゆっくりと片方ずつ胸の曲線をなぞって、敏感な胸の頂でちょっと動作を止めた。

それからその手がさらに下にすべっていく。ひどく心をかき乱す動きに、かろうじて保っているリーアンの自制心が、今にもくずれてしまいそうだった。

全身が火のように熱い。リーアンは体を弓なりにそらしたが、彼から逃れることができないと知って、息をあえがせた。喉元の敏感なくぼみに口づけされると、胸の鼓動が恐ろしいほど速くなる。やがて彼の唇はゆっくりと胸のふくらみへ下りていった。固くなった頂を口に含まれ、そっと歯で噛まれるのは、甘美な責め苦だった。

彼の愛撫で、しだいに体をさいなまれるような感じが強まる。唇がゆっくりと全身をたどっていくにつれて、リーアンは思わず喉にかかったかすかな声をもらした。

いつの間にか自制心を失って官能の炎に包まれ、リーアンは抑えがきかないほど貪欲《どんよく》に彼を求めていた。自ら進んで手を差し出し、体の奥底に息づく欲望を静めてほしいと願っていた。

しかし彼は急ごうとはしなかった。愛撫のせいで全身がめくるめくような感覚に襲われ、甘美な責め苦にさいなまれて、リーアンはどうしようもなくなってすすり泣くような声をあげた。

やっと彼は姿勢を変え、体を重ねた。しかしひとつになるかと思うと体を引き、そんな動作を幾度かくり返すだけだった。リーアンはたまらなくなって体を起こし、彼の肩に唇を当て、無意識のうちに歯を立てていた。しまいには血の塩からい味がわかるほどに。

ゆっくりと、しかしためらいもなく、彼が入ってきた。初めての経験に、かすかな痛みを覚えて、リーアンは小さな叫び声をあげてしまった。

無意識のうちにリーアンは、彼の肩を押しのけようとしていた。

「ばかだな」ディミートリが低い声で言う。そして動かないように細心の注意をはらいながら、頬に口づけをし、そのまま唇を重ねた。二人の息が混じり合うと、リーアンは顔をそむけようとした。

「いや」と言っても、彼は許してくれない。唇を重ねられ、その声も消えてしまった。なだめるようにゆっくりと、気づかないうちに、彼はかすかに奥へ進む。もうあと戻りはできない。もう痛みはなかった。これでようやくひとつになった、という思いだけが頭を駆けめぐる。

彼はどのくらいともわからない間、そのままの姿勢で、こちらを見つめていた。リーアンは自分の顔にはきっと、さまざまな感情が表れているのだろうと思った。

彼が動きはじめると、リーアンははっと息をのんだ。そのゆるやかな動きが興奮を誘い、思わず彼にしがみついてしまう。今まで感じたことのない官能の喜びへ誘われて、大きな声を出してしまわないようにするのが精いっぱいだった。

愛の行為のあと、そっと唇を重ねてじらすように愛撫された。いやだと思っても、唇が震えてしまう。

そのままの姿勢で彼が仰向けになったので、リーアンは胸の上に抱かれるような形になった。片手はうなじにあてがわれ、もう一方の手が背筋をゆっくりと下まですべり下りていく。

彼女の心臓のすぐ近くで彼の力強い胸の鼓動が聞こえ、かすかにムスクのような肌のにおいがする。ふと、そのにおいを舌でも味わいたくなってしまった。そして満足げな猫のようにうんと伸びをしたい。

全身のすみずみまで感覚が鋭くなっていた。使っていない筋肉のかすかな痛み、胸毛に押しつけられて感じやすくなった胸。もちろん体の奥もひどく敏感になっている。

「きわどいゲームをしてしまったかな」ディミートリがやさしい口調で言った。「男というものはテクニシャンを相手にするよりも、経験のない女性にテクニックを見せびらかしたいものだからね」指先がまた背筋をゆっくりと上っていき、リーアンはそのまま顔を包まれ、無理やり視線を合わせられた。

ほの暗い照明が、ディミートリの力強い顔にさまざまな陰影を浮き上がらせていて、目は暗く、眠たげだった。どうしても彼の唇から目が離せない。いくぶんふくよかな下唇、口元のセクシーな曲線。リーアンはうっとりしていた。

さっきの官能的な愛の行為を思い出すと、頬が赤く染まる。その気持を隠そうとして、リーアンはそっと目を伏せた。

「お願い、放して」そう言ってディミートリを押しのけようとしたが、彼は腕に力を入れてきた。

「居心地が悪いのか?」

この姿勢がつらいのではない。ただ気持はどうしようもなく落ち着かない。「重いでしょう」ためらいがちに言ってみたが、彼はかすかにほほえんだだけだった。

「軽いよ。だがそんなふうに動いていると、ぼくは責任が取れなくなる」

「まだ……」と言ってしまってから、なんと言っていいのかわからなくて、口をつぐんでしまった。彼にその先を言われ、リーアンは頬を赤く染めた。

「ぼくはきみの中にいるんだからね」

急に自分がひどく幼く、世間知らずのように思えてきた。彼に笑われるとどうにかなってしまいそうだ。だがやがて、彼がようやく下ろしてくれた。

体のあちこちが痛い。彼がベッドから出ていった時も、リーアンは何も言わなかった。しばらくすると水音が聞こえ、やがて戻ってきた彼に抱き上げられた。

肌を合わせておきながら、今さら恥ずかしがるのもおかしいが、二人一緒にシャワーを浴びるのには、どうしても抵抗を感じてしまう。これ以上二人の間の垣根を取りはらうのが、気になってしかたがない。

だから、ディミートリにタオルで体を拭《ふ》いてもらう間も、リーアンは何も言わずに立ち尽くしていた。

「ディミートリ……」

ふたたびベッドに戻り彼に引き寄せられ、あとは言葉にならずに消えてしまった。眠りに落ちる前、リーアンが最後に覚えていたのは、肌を愛撫する彼の指先と、髪にそっと触れた口づけだった。

5

リーアンはゆっくり目覚めたが、何かが違うと気づいたのは、しばらくたって意識がはっきりしてからのことだった。いつもとは反対の方向から日がさしている。それに今までにないことに、何も着ていない。

それから急に思い出した。

そっと体の向きを変えてみると、一人きりだった。しわの寄ったシーツやあちこちに投げ出されたままの枕《まくら》を見れば、昨夜のことがいやでも思い出されてくる。

それだけではない。ゆうべあったことの証《あかし》に、かすかに体に痛みが残っている。胸の頂が少しひりひりしたし、彼が大胆に体を重ねてきた時、思わず欲望のままに応《こた》えてしまった体の奥の部分がまだ感じやすくなっている。

ゆうべ自分がどんな反応を示したかを思い出すと、彼の腕の中で氷のように冷たくふるまおうなどと決心したのが、まったく愚かに思えてくる。

とんでもない。氷どころか、激しい欲望のせいで炎のように燃え上がってしまったのだ。

どっと押し寄せてくる記憶をしめ出そうとして、リーアンは思わず目を閉じた。それから枕元の時計に視線を向けて、リーアンはあきれたような声を出した。もう、八時をすぎている。

「朝食にするかい？」

ゆったりとした声が聞こえ、リーアンは顔を上げて震える手で髪をかき上げた。今、彼と顔を合わせたくはなかった。

近づいてきたディミートリは、リーアンの寝乱れた姿にやさしいまなざしを向けた。

「オレンジジュース、シリアル、トースト、コーヒー、そんなところかい？」

ジーンズとカジュアルなニットシャツという姿の彼はとても健康的な感じだったが、その男っぽい雰囲気に、リーアンの心はひどくかき乱された。

「先に食べていて」少し喉を詰まらせた声で言うと、彼がテーブルに向かってくれたので、ほっと安心した。

おいしそうなベーコン・エッグと強いコーヒーの香りに鼻孔をくすぐられ、急に空腹だったことに気づいた。リーアンは慎重にシーツを体に巻きつけ、ベッドから抜け出した。新しい下着をそろえ、スリムなコットンのドレスを選んで、十分ほどでテーブルに向かった。

「さっき病院に電話をした」テーブルに向かい合って座ると、ディミートリが言った。

「ペイジはよく眠れたそうだ」

リーアンはなんとかそれらしい答えをし、オレンジジュースを飲み、シリアルの袋を開けてミルクをそそぎ、食べはじめた。

なんとか平常心を装うように努力するのだが、自分のしぐさのひとつひとつ、息を吸うのさえ意識してしまう。まるで全身がぴんと張りつめた針金になったようで、感情をコントロールできる状態ではなかった。

「今朝は何をしたい？」

リーアンはソーサーに注意深くカップを戻してから、しかたなく彼に視線を合わせた。

「何か大切なお仕事でもあるなら、わざわざ一緒にいてくれなくていいのよ……」

彼は険しい表情でかすかに目を細めた。「この週末はきみとすごすことしか考えていない。ほかに予定なんか入れるわけがないじゃないか」一見、とてもやさしい言い方だった。

自分でもおかしいと思いながらも、ひどく弱い立場に立たされているような気がしてならない。「ディミートリ……」最後まで言葉が続かなかった。〝昨夜体を合わせたことも、あんなに激しく応えてしまったことも、まだ実感できないの〟と大声で叫びたかったのに。

「ぼくを避けるのはやめたまえ」彼は静かな口調で言いながら、リーアンの顎に手を添え、無理やり視線を合わせてきた。「それから、セックスの相性が悪いというふりをするのもやめたまえ」

「そんなことを言うのはやめて。まだそこまで大胆な会話はしたくないわ」

「そうかもしれないが、自分を偽るようなことをするのはやめたほうがいい」

「わたしは散歩に行ってくるわ」リーアンは硬い口調で言った。「新鮮な空気が吸いたいの」

「まずコーヒーを飲んでからだ」顎に添えられていた手が離れた。「一緒にフランクストンまでドライブに行って早めのランチにして、それからペイジの見舞いに行こう」

彼に仕返しをするつもりで反抗するのは狂気の沙汰《さた》だろうが、リーアンはおとなしく命令に従うつもりはなかった。

「わたしがもしこのまま市街にいたいと言ったら、どうするの?」

「復讐《ふくしゅう》のつもりで、ぼくをあちこちのブティックに引きずり回すとでも言うのかい? それもいいだろう。しかし言っておくが、ぼくの気がすむまで、取っ替え引っ替え服を着させて、ファッションショーをさせるぞ」リーアンの驚いたような表情に、彼はおもしろそうにほほえんだ。「どう、気が変わったかい?」

彼に何か投げつけてやりたかったが、見抜かれていると思うと、それもくやしい。「フランクストンのほうがいいわ」リーアンはかろうじておだやかな声で言い、立ち上がった。

正面玄関に二人そろって出ていくと、すでにエンジンのかかったジャガーが止まっていて、そばにコンシェルジュがひかえていた。リーアンは助手席に乗り込み、ディミートリを待った。

雲ひとつないよく晴れた日だった。モーニントン半島へのドライブにはうってつけだ。ジャガーは市内を抜け、ネピアン・ハイウェイに入ると速度を上げた。

フランクストンは風光明媚《めいび》な場所で、旧モーニントン通りやマウント・イライザの周辺には、豪壮な屋敷が立ち並ぶ。おしゃれで上品なマウント・イライザには、リーアンも、ペイジと何度か訪れたことがあった。

ディミートリが海辺に車を止め、二人は砂浜の波打ち際を散歩した。あたりにはさわやかな潮の香りが満ち、夏の太陽に暖められたそよかぜが、リーアンの髪を揺らす。太陽の光の反射する青い海とあざやかなコントラストをなす白い砂浜を、ディミートリと並んで黙って歩いていると、リーアンもだんだん緊張がほぐれてきた。

彼と、こういう一体感を感じるのは久しぶりだ……この五年近く、一度も感じたことのない気分だった。彼に腕をからませ、もっと寄り添って口づけを受けたい。楽しげにほほえみ、笑い、互いの思いを分かち合いたい……リーアンはそんな思いを抑えきれなかった。

でも、リーアンは実行には移さなかった。なぜといえば、断られるのが怖かったのだ。それに、なんの下心もなく親愛の情を示したいだけなのに、それを変に勘違いされるのも怖かった。

「ランチにしようか？」

リーアンは立ち止まって、隣にいる彼をまじめに見やり、それから青く澄んだ目にほほえみを浮かべた。「ええ」潮風に当たったせいか食欲が出たし、冷たい飲み物がたっぷりほしかった。

彼は週末の観光客に占領されていない小さなカフェを選び、コールドチキンとサラダ、それに果物を注文した。

カフェを出ると、そろそろ二時、病院の駐車場に入ったのは、三時近かった。

病室に入ると、ペイジは眠っていた。ひどく顔色が悪く、まるで透き通るような感じで、思わず心配になるほどだった。リーアンは、そっと母親の肩に触れた。

目を覚ましたペイジは、大きな目をうれしそうに輝かせ、楽なように姿勢を変えた。

「リーアン、ディミートリ。もう午後なの?」ペイジは何かを探ろうとするかのように、リーアンの顔をじっと見つめている。ママ、いくら男性との経験ができたからって、ひと晩で愛情なんかわかないわ。そう叫びたかった。

「すてきな結婚式だったわね」かすかにほほえみながら、ペイジが言った。「リーアン、とてもきれいだったわ」それからディミートリのほうへ顔を向けた。「ねえ?」

ディミートリはリーアンの手を取り、そっと唇にあてがった。その間も視線は離さないままで、リーアンは彼の深い色の瞳に吸い込まれてしまいそうだった。「ええ、とても」

息ができない。ようやく彼と視線を離すと、満足そうに輝く母の目がそこにあった。

ああ、このままだと今にも息が詰まるか、顔が真っ赤になるかしてしまう。

「今日はこれからどうするの？」ペイジが尋ねると、ディミートリはほほえんだ。

「午後はのんびりすごします。午前中はフランクストンへ行ってきたんです」彼は身をかがめ、ペイジのこめかみにそっと口づけをした。「ディナーの前にまた来ますよ」

車の中でリーアンは黙っていた。ホテルに戻ると、すぐにバスルームで黒い水着に着替えた。それからTシャツを頭からかぶり、タオルと日焼け止めクリームをかき集める。

「泳いでくるわ」新聞を読んでいた彼が顔を上げた。目におもしろそうな表情を浮かべている。

「運動したくなったのかい、それとも一人になりたいのかい？」

「両方よ」リーアンはそっけなく答えた。

「あまり日に当たりすぎないように」

リーアンは何も言わずにドアを開け、音もなく閉まるのに任せた。

プールは屋上にあった。タイル張りの大きなプールに水がきらめき、デッキチェアやパラソルが散らばっている。小さなバーも備えられ、ウェイターがひかえていた。

ほかにも何人かの客がいて、一人になりたいという願いはかなえられなかったが、ここへ来たほんとうの理由は、ディミートリのそばにいると落ち着かないので逃げ出したかったからだ。たとえほんのしばらくの間だけでも。

リーアンはデッキチェアに体を伸ばし、暖かい日ざしを浴びたまま、いつの間にか眠っていたらしい。肩に手を触れられ、はっとして目を覚ますと、隣のデッキチェアにディミートリがいた。

黒いシルクの水着を着けた彼は、とても男っぽく、持ち前のたくましい雰囲気を発散させている。そのせいで、リーアンはひどく心がかき乱された。

彼はいったい、どのくらい前からここにいたのだろう?

「肌が赤くなっているよ」彼の言葉に、リーアンは向きを変え、仰向けになった。

「日焼け止めクリームをたっぷり塗ったから、だいじょうぶよ」目を閉じて、彼の存在を無視しようとする。

だが、うまくいかなかった。五分もするとあきらめてリーアンは立ち上がった。きれいなフォームでプールに飛び込み、何往復か泳いで、プールサイドに上がったあとで、ディミートリも同じように飛び込み、泳ぎはじめた。

力強いストロークであざやかな泳ぎを見せる彼は、ジャングルのしなやかな野獣のようだ。だめよ、そんなことを考えては。リーアンははっとして自分に言い聞かせた。

タオルで体を拭《ふ》き、髪の水を切って、大きなタオルを腰に巻いていると、ディミートリがしなやかな動作でプールから上がってきた。

数分後、二人はエレベーターに乗っていた。

「一時間くらいで準備ができるかい?」

リーアンは彼のほうにちらと視線を向けた。「できるわ。あなたが先にシャワーを使う? それともわたしが先にしましょうか?」

「一緒に使ってもいいんだが」からかうような言い方だった。

「やめておくわ」落ち着きはらった口調で言い返し、リーアンはくるりと背を向けた。彼の含み笑いが聞こえると、死んでしまいたいような気分になる。

六時には準備ができていた。金のビーズをちりばめた黒いベルベットのドレスを着たリーアンは、エレガントそのものだった。ドレスはスリムな体にぴったり合い、アッシュ・ブロンドの髪を引き立たせている。

ラウンジに入ってゆくと、ディミートリが待っていた。ほれぼれとするように目を輝かせ、ふっくらしたリーアンの唇に視線を向け、やがてその視線がゆるやかな胸のふくらみに移った。

リーアンは体の奥が熱くなり、しだいに全身がほてってきて、かすかに頬が赤らんだ。一瞬気持の弱さが顔に出てしまったようだ。しかしリーアンはつんと顔を上げ、小さなほほえみを浮かべた。

「出かけましょうか?」

ペイジは疲れた様子で、わずか数時間前に比べても弱ったように見えた。市内へ向かう車の中で、リーアンはいやな予感がした。言いたい言葉もあったし、元気づけるような問いかけもできたかもしれないのに。なのに、結局は何も言わずじまいだったのだ。何を言っても、ペイジを元気づけることなどできないとわかってしまっていたからだ。

できれば家へ帰りたかった。もうひと晩予約してあるホテルではなく、家へ。そして一人きりになりたかった。胸をいっぱいにしている悲しみにひたりたかった——母というだけではなく、親友でもある、すばらしいペイジのために。そして何よりも運命を呪《のろ》いたい。まだそんな年でもないのに、あんないい母を連れ去ってしまう運命を呪いたい。

二人の行ったレストランは高級で、最上の料理を供した。

リーアンはその日のスペシャルスープ、シーフード、それからデザートの代わりに果物を注文した。

ディミートリが上等の白ワインを選び、リーアンはひと口飲んでグラスを下に置いた。ゆうべのこと以来、彼と一緒にいるとぎこちなさを感じてしまう。だから、あえてさしさわりのない話題を選んで会話を続けた。

そろそろ出ようかと言われたのは、十時近かった。彼と並んで車のところまで行く間、そして、ホテルまでの短い距離も、ずっと黙ったままだった。

部屋に入ると、彼がやさしく尋ねた。「コーヒーでも飲むかい？」

リーアンは考えるより前に答えていた。「いいえ。目が冴《さ》えてしまうと困るわ。だって……」

「ゆうべはあまり眠れなかった？」

おもしろがっているような言い方に、リーアンはいらだちを覚えた。

「今夜はずっとぼくと目を合わせなかったね。なぜそんなに恥ずかしがるんだい？」

「だって恥ずかしいんですもの！」そう言ってしまってから、受け身に回ってしまった自分に腹が立った。

「ゆうべのことが……」彼はそこでちょっと言葉を切ってから、からかうようにあとを続けた。「ショックだったかな？」

それを聞くと頬がかすかに赤らみ、怒りを抑えるために両手を握りしめた。「それは……あなたがわざとショックを与えるようなことをしたからじゃないかしら」

彼は片方の眉を上げ、唇の端をゆがめてかすかにほほえんだ。「よくなかった？」

それはリーアンが、自分自身にも認めたくないことだった。

彼の目の奥深くにひそむ輝きや、わずかに皮肉っぽい表情にひどく敏感になっていて、つい視線をそらしてしまう。

全身に痛みが走る。それでも力を振りしぼるようにして、リーアンはなんとか彼と目を合わせた。「不公平よ、あなたはわたしなんかよりずっと経験豊かなんですもの」

彼の目がおもしろそうに輝いた。「きみはその気になれないかもしれないが、今夜もう一度試してごらん」うなじに手をあてがわれ、顔を仰向けにされたために、弱気な表情が彼の目にさらされてしまった。

「わたし、とても疲れてるの」

「それじゃ、おやすみ」

「一人で?」目を大きく見開き、思わず神経質そうに下唇を舌でうるおす。

「まさか」彼はゆったりとした口調で言いながら、つかの間赤らんだリーアンの頬を見つめた。

黒く輝く瞳や、セクシーなカーブを描く口元に見とれていると、その唇がゆっくりと下りてきて重ねられた。そっとじらすように……しかし情熱を秘めて。

やがて彼が顔を上げ、そっと押しやられると、リーアンは何か見捨てられたような感じに襲われた。

しばらくためらいがちにそのまま立っていたが、ものも言わずくるりと背を向け、リーアンはバスルームへ向かった。服を脱ぎ、メイクを落とし、シルクのナイトウェアに着替える。

バスルームから出ていくと、彼はもうベッドに入っていた。リーアンもそっとシーツの間にすべり込んだ。

そのまま目を閉じていたが、驚いたことに、彼は枕元のライトを消した。

「おやすみ、リーアン」

そのかすかにおもしろがるような言い方に、リーアンは胸がしめつけられるような気がした。一見やさしいが、この上なく独占欲の強さを感じさせる言い方だった。わたしの気持をもてあそんでいるのだ。そう思うと、くやしくてならない。

何も言わずに背を向けたが、ウエストを両手でつかんで引き寄せられ、彼女ははっと息をのんだ。

片手はヒップに、もう一方の手は胸のふくらみに、我が物顔にあてがわれている。髪に口づけをされ、こめかみにそっと唇が触れると、リーアンは目を閉じた。

「やめて」感じないふりなどできるはずがない。それより、ほんとうにそんなふりをしたいのかどうかさえもあやしいのだ。

いとも簡単に向きを変えられ、唇が重ねられると、リーアンは本能的に彼の肩にしがみついた。やさしくじらすように始まり、しだいに激しくむさぼるようになってゆく口づけ。でもそれだけではなかった。唇が離れ、リーアンが不満そうな声をもらしているうちに、今度は胸のふくらみのほうへ、口づけはゆっくりと移っていく。

ナイトウェアを脱がされたのも、ほとんど気づかなかった。片方の胸の頂を口に含まれると、かすかなうめきがもれる。

全身を貫くような欲望は、しだいにすべてを包み、すべてをのみ込み、頭には〝体の奥深くの疼《うず》きを静めてほしい〟という思いしかなくなってしまう。

彼の唇が、みぞおちへ、腹部へ、そして秘められた部分へとゆっくり下りていく間、リーアンはほとんど気づかずに、哀願するようにかすれた声を出していた。

やがて彼が姿勢を変え、中に入ってきた時、リーアンは思わず体を弓なりにそらした。今日はもう痛みはなく、彼とひとつになった官能の喜びだけが感じられる。

そう、これでいいのだ。〝ぼくの動きに合わせて〟と彼に言われた時も、何も考えず、しだいに動きを速め、ついに二人のリズムはひとつになった。

クライマックスに導かれていくにしたがって、そのリズムはだんだん激しくなり、全身が興奮に満たされていく。それはあらゆる感情を超えていて、リーアンは甘美な責め苦に我を忘れ、そのままついに力尽きていった。

なかば夢の中で、胸のふくらみを愛撫《あいぶ》され、唇がそっと重ねられるのを感じた。眠りに落ちる前に覚えているのは、肩にシーツがかけられ、彼の腕に包まれたことだった。

ディミートリとリーアンがチェック・アウトを終え、屋敷に戻ったのは、翌朝も遅くなってからだった。

エレーニが腕をふるって、すばらしい食事を用意してくれていた。たしかにおいしそうだったのだが、リーアンは食欲がなかった。

それはある種の予知のようなもののせいだったのかもしれない。というのは、食事が終わって間もなく、病院からペイジの容体が悪化したという電話を、受け取ったのだ。病院にかけつけた時には、ペイジはすでに集中治療室に移され、重い鎮静剤を投与されていた。

二人には、ただそこにいて意識が戻ったり遠のいたりするペイジを見守るほか、何もなすすべはなかった。

それから徹夜の看病は二日二晩続いた。二人は交代で看病を続けた。そしてディミートリがリーアンを家へ連れて帰ったのは、水曜の夜明けだった。

6

ペイジの葬儀のあとは、時間がすぎるのも意識にのぼらなかった。リーアンは必死になっていろいろな仕事に没頭した。何もすることがなくなると、キッチンでエレーニの手伝いをしたり、必要もないのに大そうじをしたり、庭いじりをしたりしてすごした。おかげで日ごとに心の痛みは徐々に薄れていった。悲しみをいやすためには、それしかなかったのだ。

ともすると、ペイジの笑顔が心に浮かび、あの軽やかな笑い声がよみがえる。ペイジの思い出はかけがえのないものだった。そしてリーアンは、これまで以上に母との固い絆《きずな》を感じていた。これは一生変わることない、宝物であり続けるだろう。

そんな思いの中にも、不吉な侵入者が忍び込んできた。ついディミートリのことを、そしてこの結婚のことを考えてしまうのをどうしようもなかった。

ペイジが亡くなった今、もうお芝居をする必要はないのだ。しかしどれほど固く決心しても、ディミートリに心をかき立てられてしまう。彼の愛撫《あいぶ》を受け、唇を重ねられるたびに応《こた》えてしまう自分が、リーアンはだんだんいやになってきた。

それでも彼との愛の行為におぼれたいという思いは強く、すべてを忘れてしまうほどの激しい欲望にのみ込まれてしまう。そして毎朝、目覚めるたびに現実に直面するのだった。

ある朝、ディミートリが出かけてから三十分もたたないうちに、リーアンはバッグだけ持ち、エレーニには午後遅く戻ると告げ、ベンツに乗り込んだ。

別にどこといって行く当てはなかったが、とにかく南に向かう。いつの間にかネピアン・ハイウェイに入り、モーニントン半島をめざしていた。

郊外を抜けるまでの渋滞も、フランクストンに近づくにつれ、解消していった。

半島の先端、ポートシーまでの道沿いには、多くのビーチがある。リーアンは海辺の町ローズバッドで、道端に車を止めた。

彼女は何も考えずに車を降り、波打ち際を歩きはじめた。

かすかな潮風がスカートの裾《すそ》を揺らし、髪をくすぐる。遠くでは餌《えさ》をついばんでいたかもめが飛び上がり、海の上を低く旋回し、また舞い戻っては、長く曲がったくちばしで濡《ぬ》れた砂浜をつついている。

静寂は時折、かもめの甲高い鳴き声に破られるだけだ。リーアンはしばらく歩いたところで振り返って、知らないうちにずいぶん遠くまで来ているのに驚いた。

どうしても思いはディミートリと、二人の結婚のことに戻っていく……二人とも愛していたペイジを、安心させるためだけの結婚。

この結婚はあやうすぎる。リーアンは心の奥底でそう思っていた。ディミートリはきっと都合のいい結びつきと思っているに違いない。なぜならこれで未解決の問題がうまく処理できたからだ。ペイジに残された父親の遺産は、すべて彼が管理できる。そしていちおう世間体もいい妻がいて、社交の場でホステス役を務めてくれる。

でもそれだけでわたしは十分なのだろうか？　愛情が消えて、彼の目が別の女性に向けられるようになったら、果たして耐えられるだろうか？　たとえば、シャンナのような女性に。

にわかに全身に寒けが走り、リーアンは思わずわが身を抱きしめた。彼に捨てられたら、きっと死んでしまうだろう。

もちろん莫大《ばくだい》な財産や土地はある。ほしいものはほとんどなんでも手に入るし、世界中どこにでも旅行することもできる。しかし、ほんとうにほしいものはお金では買えない。

すでに彼の姓を名乗り、彼の家に住み、ベッドを共にしているのに、なんておかしなことだろう。でも問題は、彼の心を独占できるかどうかということなのだ。そもそも、独占できるかどうか、やってみる勇気はあるの？

わたしったら、ほんとうにどうかしている。ディミートリにもう自由にしていいと告げ、自分はゴールド・コーストへ帰り、もとの生活に戻るのが一番利口な生き方なのかもしれない。

少なくとも、今のままの生活を続け、彼に愛人がいることを思い知らされるよりは、つらくないだろう。

車に戻ると十一時すぎだった。リーアンはもの慣れた動作でドアを開けて車に乗り込み、町へ向かった。昼食にはまだ早かったが、何か冷たい物が飲みたかった。

ローズバッドの町を散策してからポートシーへ行き、カフェでいつものようにサンドイッチを食べてから家に帰った。

「ディミートリさまからお電話がありました」キッチンへ入っていくと、エレーニが言った。「今夜のディナーのことをお忘れなくと」

ペイジが援助していた慈善事業のチャリティ・パーティが、今夜催されることになっていたのを思い出して、リーアンは呪《のろ》いの言葉をつぶやいた。その盛大な催しは市の中心の高級ホテルで開かれ、富裕な後援者が多数集まることになっている。

そういえばディミートリが、六時には食前酒が出されるホテルのラウンジに行かなければ、と言っていた。ということは、あと二時間半でふさわしいドレスを選び、シャワーを浴び、マニキュアをして化粧をし、髪を整えなければならないのだ。

準備は五分前にでき上がった。アイス・ブルーのドレスにビーズのジャケットという洗練された装いがリーアンの肌の美しさを強調し、アッシュ・ブロンドの髪を引き立てている。装身具は、ダイヤのペンダントとイヤリング、それに金の細いブレスレットだけにした。

タキシードにシルクのシャツ、それにブラックタイというでたちのディミートリも、ほれぼれするほどハンサムだった。その野生動物のような優雅さは、ジャングルの肉食動物を思わせる……つややかで力強く、この上なく危険な動物……。

「用意はいいかい？」

そのゆったりとした口調に、思わず身構えるように、リーアンは全身がそうけだった。

「ええ、戦いの覚悟はできてるわ」重々しい口調で言い、彼の落ち着きはらった視線を受け止めた。

「行きたくないの？」

リーアンは深く息を吸い、ゆっくりと吐き出した。「だってきっとあれこれ詮索《せんさく》されるでしょう。うんざりだわ」

彼女の青ざめた顔を見つめながら、彼は険しい表情で目を細めた。「少し神経質になりすぎているんじゃないのか」

リーアンはさりげなく肩をすくめた。「そうかもしれないわ」

「この慈善事業のために、ペイジは時間も労力も惜しまなかった。今夜はぼくたちに代わりを務めてほしいとペイジも思っているだろう」

彼がそばにいると思うだけで、かすかに脈が速くなる。どうしても落ち着きを奪われ、本能的に魅了され、全身で強く引かれてしまう不思議な影響力が、彼にはあるのだ。

リーアンはなんとか視線をそらすことなく、かすかなほほえみを浮かべた。「ええ、そうね」

交通渋滞のせいで、思ったより時間がかかってしまった。ホテルのパーティ会場の隣にあるラウンジに入ったのは、六時をすぎていた。

リーアンはディミートリのそばに立って、結婚祝いとお悔やみの入りまじった言葉をかけてくるたくさんの知人に、いちいちあいさつを返していった。

シャンパンやオレンジジュース、ミネラルウォーターのグラスを持ったウェイターやウエイトレスが、室内を回っている。リーアンがミネラルウォーターを選ぶと、ディミートリもそれにならった。

七時に会場のドアが開き、招待客はぞろぞろと指定された席に着きはじめた。

「だれと一緒の席かしら?」ディミートリに腕を取られると、リーアンは尋ねた。

「何か困ることでもあるのかい?」

シャンナと同じテーブルに指定されでもしたらどうしよう。だが見回したところ、背の高いブルネットの女性はいなかったので、彼女はほっとため息をついた。

しかしそれもつかの間だった。コースの最初の料理の途中で、シャンナがドラマティックに登場したのだ。ストラップレスで背中を大胆に見せた黒のベルベットのドレスをまとった彼女は、広い会場全員の注目を浴びながら、少し離れたテーブルに着いた。

これだけ離れていれば直接話したりするのはまぬがれるが、食事が終わってテーブルが片づけられれば、近づくのはじゅうぶんに可能な距離だ。

オードブルが終わると、リーアンは詰め物をしたチキンを食べ、デザートとチーズは抜かして、シャンパンを選んだ。これでも飲めば、少しは落ち着くかもしれない。

余興のファッションショーが終わり、コーヒーが出されている間に、ダンスができるよう舞台が取りはずされる。

それを機に、友人同士がテーブルを行き来しはじめた。ほどなくシャンナもこちらへ来るだろう。

「ディミートリ、リーアン」

まぶしすぎるほどの笑顔で、シャンナはディミートリの隣の空いている席に座った。それに対抗するようにリーアンも、シャンナほどではないにしても華やかな笑みを浮かべた。

それを見て、何人かの客がうわさを始めている。

「シャンナ、こんばんは」表面上は親しげに言葉を返しながらも、やさしい声であいさつをしているディミートリに対して、リーアンの内心は激しい怒りでいっぱいだった。

夫の元恋人の前ではいったいどんなふうにふるまえばいいの？　そう思うとつらかった。

胸のあたりに固いものがつかえている。

落ち着いて。いつもと同じに礼儀正しく。そしてうまくお芝居をするのよ。

「お母さま、お気の毒だったわね」シャンナはいかにも同情しているふりを装いながら、ディミートリの腕にそっと手をかけてリーアンに言った。「ペイジがいないと、とてもさびしいでしょう」

落ち着いて。なりゆきに任せて。「ええ、母でもあり、親友でもあった人ですもの」リーアンがすなおに告げると、シャンナの美しい瞳にちらとうらやましげな表情がうかがえた。

「そう、まれなことね」シャンナはそう言って、ディミートリへ視線を向けた。「あしたの晩、パーティをするの」そこで口をつぐみ、セクシーなほほえみを浮かべる。「わたしの家で。八時すぎにいらして」

リーアンはかたずをのんで、彼の返事を待った。

「残念だが行けそうもないな」ディミートリの口元は笑っていたが、目は笑っていなかった。リーアンはそれに気づいたが、シャンナもひょっとしたら気づいたかもしれない。

「またの機会にさせてもらっていいかい？」

シャンナはすぐに落ち着きを取り戻した。「もちろんよ」

ふくよかな唇に塗られたリップグロスから、すばらしいテクニックのシャドウやアイライナーにいたるまで、完璧《かんぺき》なメイクだった。さぞや毎朝の化粧が大変だろう、とリーアンは思った。

朝と言えば、いったい何度、ディミートリはシャンナのベッドで朝を迎えたのだろう。きっと彼女はベッドの中ではテクニシャンに違いない。わたしとは大違いに。

リーアンはこの場から逃げ出してしまいたかった。でもそんなことをすれば、なんて大人げないと思われるに決まっている。だからリーアンは落ち着いたふりをして、意見を求められれば、礼儀正しく受け答えをした。だが、そんな機会がそれほどあるわけではなかった。シャンナはもっぱらディミートリにだけ話しかけていたからだ。

ようやくシャンナが立ち上がった。リーアンにかすかにほほえみかけ、真紅のマニキュアをした指先でディミートリの腕を軽く押さえ、香水のきつい香りを漂わせて去っていった。

「踊ろう」ディミートリが言った。

リーアンはしかたなくディミートリと視線を合わせた。大きく目を見開いたまま、まばたきもせずに見つめていると、底知れぬほど深みのある黒い瞳がこちらの心を探るように見つめ返す。

彼に手を取られ、指をからませられた。その手をそっと振りほどこうとすると、かえってきつく握られてしまった。

皆の見ている前なので、従うしかなかった。リーアンは優雅にほほえんで立ち上がり、ダンスフロアへ導かれた。

リーアンは天性の優雅な動きでみごとなステップを見せながら、ディミートリの腕の中に入っていった。体が触れ合ったとたんに、いつものように全身が熱くなる。

彼にしっかりと抱かれながら、たとえわたしが腕を振りほどこうとしても、きっと彼は放さないだろう、という思いに襲われた。

彼の肩のくぼみに頭をもたせかけたいと思ったのは、緊張のあまりあちこちが痛くなったせいではなく、自分の中の裏切り者のせいだ。

だが、ディミートリはひと言も口を開かず、一度髪にかすかな口づけをしてくれただけだった。

音楽が変わり、彼にともなわれてテーブルへ戻る。

「そろそろ帰るかい?」

リーアンはちょっと振り向き、彼の顔を見つめた。ここにはいたくなかったが、二人きりになるのも耐えられなかった。ベッドを共にしたくなかった……せめて今夜だけは。

「明日の朝は早いの?」リーアンはほほえみで口調をやわらげたつもりだが、彼は険しい表情でかすかに目を細めた。

「いつもと同じだ」

「それなら、あなたの好きなようにして」

一瞬、彼の目がきらりと輝いたが、すぐに消えた。「もうぼくたちの義務はすんだ。あと三十分もいればいいだろう」

手近なテーブル、そして次のテーブルと歩いていき、仕事上の知り合いや友人たちに言葉を交わしていくのに、三十分以上かかった。

おかげで、地下駐車場からジャガーを出したのは、驚いたことにもうそろそろ十二時になるころだった。リーアンは座席のヘッドレストにぐったりと頭をもたせかけた。

市内を抜けると、道はすいていた。カーステレオから静かな音楽が流れていて、彼女はほっとした。これなら話をしなくてすむ。

トゥーラックの高級住宅街は静まり返り、車はほどなくガレージに止まった。

家の中に入ると、彼はラウンジのほうへ歩いていった。「何か飲むかい？」

一瞬ためらったが、ええという代わりにかすかに肩をすくめた。いいんじゃない？　飲んだほうが眠れるかもしれない。「ブランデーを。ジンジャーエールで割って」

彼はさりげなくタイを取り、シャツのボタンを上から二つはずした。洗練されたフォーマルウェアを脱ぎ捨てると、がらりと雰囲気が変わる。

やがて、彼がクリスタルのタンブラーを渡してくれた。リーアンはゆっくりと口に含んだ。アルコールが効きはじめるにしたがって、しだいに体が暖まってゆく。

彼はいつものように、不思議なオーラを漂わせている。男らしくセクシーそのものの独特の雰囲気を。

リーアンの体の奥が疼《うず》きはじめ、全身にその感覚が広がってゆく。どうしてこんなふうになってしまうの？　この時ほど彼が憎らしいと思ったことはなかった。

「疲れた？」

「意味深な質問ね」リーアンはわざと軽い調子で答えた。「なんて答えればいいのかしら？」

彼はかすかに険しく目を細めたが、やがておもしろそうな表情を浮かべた。「どうしてすなおになれないんだ？」

リーアンの唇はかすかに震え、目元には言いようのない悲しみが漂っていた。「あなたとは寝たくないの」

ディミートリが頬に触れてきた。そのまま顎の線をなぞろうとしたので、彼女は顔をそむけた。すると彼は脈打つ首筋に、ゆっくりと指をはわせた。

目を見つめ合っていると、息が詰まりそうになる。

「寝たくないって？」

そのやさしい調子に、リーアンはパニックに陥りそうだった。一歩あとずさりし、身を固くしたまま、落ち着きを取り戻そうとした。

「ほかの人の代わりになるつもりはないわ」怒りをこめた静かな口調で言いながらも、胸の鼓動は抑えられない。

「それは、シャンナのことかい？」ディミートリのものやわらかな言い方に、思わず身震いしそうになるのを、リーアンはようやくのことで抑えた。

「わたしはあの人みたいに……」

「セックスのテクニシャンではないから？」

喉まで出かかったきつい言葉を、かろうじてのみ込んだ。「ええ、そういうことね」

「たしかに、金を得るために男に抱かれ、ベッドの中では人形のような女性と、お互いの喜びを分かち合うために、我を忘れて夢中になる心の温かな女性とでは大違いだ」

あまりの当てこすりに、リーアンは目を大きく見開いた。「ひどいことを言うのね」

「ほんとうのことだからね」

リーアンはそれ以上何も言わずにブランデーを飲み干し、タンブラーをテーブルに置いて部屋から出た。彼がついてこようがどうしようが、かまわない。

二階に上がると二人の寝室で服を脱ぎ、メイクをおとして髪をおろし、リーアンはナイトウェア姿になって自分の以前の寝室へ向かった。

彼のベッドで、彼が横に入ってくるのを待っているなんて、とても耐えられない。

このあと、どうなろうとかまわないという気持で、リーアンはシーツの間にすべり込んだ。

思いは千々に乱れたまま、絶望的な気分でぼんやりと天井を見つめる。

愛する人をこんなに憎むことができるものだろうか？　嫉妬《しっと》するなんて、どうかしている。わたしはなんの幻想も抱かずに結婚したはずだ。だとしたら、嫉妬するなんてばかげているのに。

眠りかけたとき、ドアの開く音がした。ディミートリがベッドに近づくのがわかると、リーアンはまるで心臓が飛び出してしまいそうに驚いた。

彼は何も言わずに、リーアンを抱き上げた。

「一人にしておいて！」

「愛し合いたくないというなら、それでいい」にがにがしげに言いながら、彼はリーアンを抱いて部屋から出た。「だが、ぼくと同じベッドに寝たまえ」

「わたしが寝たくないと言っても？」

「だめだ」彼はきっぱりとした口調で言い、大股で寝室へ向かっていく。

「ひどいわ」リーアンは彼の両腕から自由になろうとしてもがいたが、みじめにも失敗した。「大嫌いよ」

何も言わずにベッドに下ろされ、彼も隣に身を横たえた。リーアンは背を向け、身を守るように体を丸めた。神経が高ぶっていて、眠れそうもない。

身動きをするのが恐ろしく、すぐそばに横になっている彼の存在が意識され、何時間もそのままの姿勢でじっとしていたような気がする。

何よりも、彼のほうに向きを変え、怒りに任せて、こぶしでなぐりつけてやりたかった。独裁者ぶらないで、と文句を言ってやりたかった。でも、そんなことをしても結果は目に見えているし、結局わたしが勝ったことにはならないのだ。

7

リーアンはどうやら眠ったらしい。目覚めてみると、ベッドはもぬけの殻だった。枕《まくら》元の時計は八時すぎを指している。自分にうんざりした声をあげ、彼女はベッドから抜け出した。

手早くシャワーを浴び、コットンのショーツとトップスに着替え、軽やかな足取りでキッチンへ下りていく。

「ディミートリさまは、もうお出かけになりましたよ」エレーニがほほえみながら言った。

リーアンはほっとしたが、それを顔に出さないようにして、冷蔵庫からオレンジジュースを取り出し、食料室へシリアルを取りに行った。

今日は特に予定があるわけではない。朝食後二階に戻り、白いパンツとそれに合うブラウスに着替え、メイクをすませた。ハイヒールの白いサンダルをはき、ベンツの鍵《かぎ》を手にする。

自分の時間を有効に使わなくては。そう決心するとリーアンは、まずトゥーラックのしやれたブティック街へ車を走らせた。

ペイジはさまざまな慈善事業や委員会に顔を出すことに生きがいを感じていたようだが、リーアンはそういうことには向いていなかった。かといって、ただ家にいるのも、ショッピングに明け暮れるのも趣味ではない。

今さらながら自分のビューティ・クリニックが恋しかった——顧客たちや、気の置けないスタッフなど、人との触れ合いが。

駐車スペースを見つけ、車を止めてブティックに入り、なんとなく店内を見て歩道に出てきた時だ。

すぐそばにビューティ・クリニックが見えた。ふと入ってみようかと思い、電話を手に、鉛筆をかまえている受付の女性に、予約を頼んだ。

「アロマセラピーですか？　申し訳ありません。担当がゆうべ緊急な手術で入院してしまったんです」

また電話が鳴りだし、女性はいらだたしげにそちらを見た。「今、代わりの者を探しているところなんです」

「実はわたし、アロマセラピーを専門にしているんです」考えるより早く、言葉のほうが出てしまった。「わたしでよかったら、その方が戻られるまで代わりを務めましょうか？　わたし、ゴールド・コーストでビューティ・クリニックを経営しているんです」この時初めて気がついた。リーアンはずっと、こんなチャンスを求めていたのだ。

「ほんとうですか?」相手の女性は、疑わしさと希望の入りまじった表情で尋ねた。「マネジャーに見せられる証明書のようなもの、お持ちでいらっしゃいます?」

「今は持っていませんけど、一時間後にならお見せできるわ」

「それじゃ、マネジャーに電話してみます。一時間後でよろしいんですね?」

「ええ、十時半に戻ってきます」

十時半少し前に戻ったリーアンは、さらにその十五分後には仕事が決まっていた。しかも、すぐさま働いてほしいと頼まれた。

その日は忙しかったが、仕事が楽しくて、あっと言う間にすぎてしまった。昼ごろ短い休憩を取った時に、夕食には間に合うように帰るとエレーニに電話を入れておいた。

ベンツに乗り込み、車の流れに入ったのはそろそろ六時近かった。好きな仕事をしたせいか、何かをなしとげた満足感でいっぱいだった。こんなに幸せだと思ったのもしばらくぶりのことだ。

二十分後、車をディミートリのジャガーの後ろに止めた。家の中に入って、シャワーと着替えの前に、エレーニにただいまと声をかける。

寝室に入っていくと、ディミートリが上着を脱いでいるところだった。彼と視線が合ったので、用心深くほほえみかけた。

「ただいま」リーアンはそう言いながら、髪をとめていたピンをはずした。

「今日はどうだった?」彼はタイをゆるめ、シャツのボタンをはずしはじめた。

知っているようだ。きっとエレーニが話したのだろう。だが、彼の表情はよくわからない。

「思いがけないことになったのよ」リーアンは困ったような笑いを見せながら、ビューティ・クリニックで仕事をすることになったいきさつを話した。「仕事をしてもかまわないわよね?」

彼はズボンからシャツを引き出した。その力強い肩や筋骨たくましい胸板を目にすると、リーアンは息をのんで見とれた。

「仕事はいつまで?」

「さあ。一週間か二週間だと思うけど」そう言って、彼と視線を合わせた。

彼はちょっと皮肉っぽく笑った。「裕福なマダムとして、社交界に出入りしているだけでは退屈になった?」

「わたしはそんなマダムにはなれないわ。それにお金持にもなりたくない」

しばらく視線をからませ合っていたが、やがて彼はリーアンの顔をゆっくりと観察し、ふくよかな曲線を描く口元にまなざしを向けた。「仕事で社交が必要な時もある。そんな時には、妻としてぼくと一緒にいてほしい」

「愛想のいいホステス役として?」

こちらへ近づいてきた彼に、顎をそっと持ち上げられ、無理やり視線を合わされた。

「きみが働きたいのなら、数週間でもそれ以上でも、働いてかまわない。しかし、夜はやめてほしいんだ。いいね?」

「金曜の夜のショッピングはどう?」

「君が、暗くなってから一人で車を乗り回すようなことは認めない。絶対にだ、リーアン」

「あなたにそんなことを言う権利はないわ」リーアンは反論したが、うなじを強く押さえられ、思わずあっと声をあげた。

「クリニックのマネジャーに話したまえ」やさしいけれども、てこでも動かぬ強さを秘めた言い方だった。「それともぼくから話そうか」

うなじにあてがわれた彼の手を振りほどこうとしたが、放してくれなかった。「まるで独裁者のような人ね!」リーアンの瞳がサファイアのようにきらめいた。

「それがいやなら、きみにひどいことをしない、だれか別な男を探したまえ」

「何……その言い方!」激しく言い返したものの、荒々しい口づけをまぬがれることはできなかった。

体の奥底までめちゃめちゃにされるような口づけだった。こちらの五感を炎のように燃え上がらせようとしているのだ。

　こぶしを握りしめ、手当たりしだいに彼を殴ったが、たくましい肋骨《ろっこつ》といい、肩といい、力の弱いリーアンの手ではほとんどなんの効果もなかった。

　憎らしいほど簡単に、とらえられた手を後ろに回され、ぴったり引き寄せられて、リーアンはうめき声をあげた。

　容赦ない口づけは長く続いた。それはまるで、力ずくで彼の優位を見せつけようとしているかのようだ。

　ようやく唇が離れると、リーアンは怒りに燃えたまなざしで、何も言わずにその場に立ち尽くした。

「一緒にシャワーを浴びるかい？」皮肉っぽい口調で尋ね、リーアンがかぶりを振ると、ディミートリは軽蔑《けいべつ》したように片方の眉をちょっと上げた。「それは残念だ」

　彼はそれ以上何も言わずにズボンを脱いでコートかけに引っかけ、バスルームへ向かった。

　ドアが閉まるのを待ってから、新しい下着と着替えを持ち、リーアンは十年間ずっと使っていた自分の部屋に駆け込んだ。

　そこでシャワーを浴びて着替えをし、メイクもせずに足早に階下へ下りていき、ダイニングルームでエレーニを手伝う。

少なくともリーアンにとっては、居心地の悪い食事だった。ひき肉とライスをぶどうの葉で包んだオードブルをつつき、子牛をほんの少しだけ食べ、デザートは断ってしまった。

「おなかがすいていないのかい?」ディミートリが尋ねる。

「ええ、それほど」食事中はさしさわりのない会話を続け、きつい言葉を返しそうになるのを、ひどくていねいな返事をすることでやわらげた。

「機嫌を直せよ、リーアン」そう言われて彼のほうを見ると、その魅力的な彫りの深い顔に、硬い表情が浮かんでいた。

「命令されるのは好きじゃないわ」彼は問い返すように、片方の眉を上げてみせた。

「どういうことだい?」

そのおだやかな言い方に、リーアンはかえって背筋がぞっとした。彼に刃向かうなんて愚かもいいところなのだ。だが、おとなしく言うことを聞くつもりもなかった。

「わたしの行動をいちいち制限したり、禁止したりする権利はあなたにはないはずだわ」

彼はナプキンを口元に当て、テーブルに置いた。片時も視線をリーアンから離さずに、そのひとつひとつのしぐさを、故意にゆっくりとしているように見える。

「ぼくに反抗するのはやめたほうがいい。きみに勝ち目はないからね。あとになってからきっと、戦いを挑んだことを後悔するだろう」

「男性の腕力を見せつけられて?」

彼の目は黒曜石のように冷たく光っている。表面上は感情を抑えているように見えるが、その下には怒りが隠されていることを感じて、リーアンは思わず身震いをした。

「腕力だって？」彼の危険なまでやさしい声に、リーアンの全身に冷たいものが走る。急にこれ以上がまんができなくなった。リーアンは用心深く立ち上がり、椅子を押しやった。

「戦略的撤退か？」

「これ以上ここにいたら、あなたに何か投げつけてしまいそうだわ」怒りのあまり唇が震え、目がずきずきする。それ以上は何も言わず、リーアンはダイニングルームを出た。

まだ寝るには早かったが、テレビを見たり本を読んだりする気にもなれない。これといった当てもなく、屋敷を出て庭園に行ってみることにした。

すぐに、番犬にしているシェパードのプリンスがあとをついてきた。

プールはいかにも涼しそうで、魅力的に見える。まわりにはカバーのかかったデッキチェアが置かれ、二つのテーブルの上にはパラソルが開いたままになっている。遠い地平線に太陽がゆっくり沈んでいくにつれ、光はだんだん弱くなっていった。空の端は淡いピンク色に染まり、明日の好天を告げている。

ぼんやりとデッキチェアに横になると、プリンスもそばにうずくまった。

リーアンは体にかすかな震えを感じた。足元には番犬、要塞《ようさい》のような屋敷、そして貴重な所有物のようにわたしを扱う夫……。

ディミートリと深くかかわりを持つことは、リーアンにとってひどく重荷だった――そのかかわりが、感情的なものでも精神的なものでも。今この瞬間、ほんとうに彼から自由になりたいのか、それともなりたくないのか、自分でもわからなかった。

彼と一緒に暮らすのは、まるで絶え間のない意地の張り合いを続けるようなものだ。とはいっても、彼のいない人生を考えると、絶望の淵《ふち》へ追いやられるような気がする。

シャンナという女性は、どんな立場にあるのだろう？　あの女性はわざと波風を立てようとしているだけなのだろうか？　それとも、ディミートリとのことは単なる遊びではない、と本気で信じているのだろうか？

その時プリンスが身動きしたのを感じた。やがてうれしそうにくんくんと鳴きはじめたので、顔を上げてみると、ディミートリが家から出て、プールのほうへ近づいてきた。

彼がしなやかな足取りで歩いてくるのを見つめていると、プリンスが立ち上がり、主人を出迎えた。

ディミートリが犬をなでてやっている。男と犬。どちらも同じように力強く、同じように危険だ。

「沈む太陽を眺めているのかい？　それともぼくから逃げる口実かい？」

そのゆったりした口調に、リーアンはにこりともせずに目を上げた。

「両方よ」

彼は唇の端をゆがめてほほえみながら、横になったリーアンの全身を見やった。「テニスでもしないか？　よく一緒にプレイしたろう、忘れたかい？」

どうして忘れたりできるだろう。リーアンは、昔、こんな夕方や週末に、彼からテニスの手ほどきをしてもらったのだ。

「ほんとうにテニスをしたいの？　それとも仲直りしようと言いたいの？」おもしろそうに笑っている彼の目を見つめながら、にこりともせずに尋ねた。

「ラケットでボールを打つより、ぼくに何か投げつけるほうがいいなら、それでもいいが」

「スリーセットマッチでどう？」リーアンが言い返すと、彼がおやおやというように片方の眉を上げた。

「それじゃ、十時になっても終わらないよ」

「あなたをへとへとにさせるつもりよ」

彼は低い声で笑い、立ち上がるリーアンに手を差し出した。

リーアンが中に入って着替えをしている間に、彼はラケットとボールを用意し、ライトをつけた。

しばらくテニスをしていなかったので、感覚を取り戻すのにずいぶん時間がかかった。

それに比べ、ディミートリのほうは、憎らしいほどすぐに調子を出していた。彼とでは、リーアンはおせじにも互角とは言えなかったが、彼は力を見せつけることもなく、淡々とボールを返してくる。

三ゲームを取って第一セットは彼が勝った。続く第二セットは二人ともシックスオール取ったが、結局タイブレークで彼がこのセットも勝った。

「冷たい物が飲みたいわ。それからジェットバスにゆっくりつかりたい」リーアンはタオルを受け取り、額と首の汗を拭《ぬぐ》った。

もう十時をすぎていた。快い疲れに、ジェットバスが待ちどおしい。キッチンでグラスに氷を入れ、オレンジジュースを注《つ》ぎ、それを持って二階へ上がった。

五分後、リーアンは服を脱いでジェットバスのスイッチを入れ、バスタブに入った。小さな泡が体を刺激する心地よさを楽しむ。

時間のことはほとんど頭から消えていた。リーアンはオレンジジュースを飲み干し、すっかりくつろいで目を閉じた。

「ひと晩中入っているつもりかい?」低くゆったりとした声にゆっくりと目を開け、しばらく何も言わずに彼を見つめた。

腰に黒いタオルを巻いた彼は、怖いほどの存在感を誇っていた。危険なほど強い意志をあふれさせ、筋骨たくましい肉体を惜しげもなく見せている。リーアンは、時間も忘れて長々とジェットバスに入っていたのを後悔した。

「一緒に入りたくないなら、今のうちに出たほうがいいね」

ほのめかされて、胸の鼓動が速くなる。心の奥深くで欲望が燃え上がり、それが体全体に広がっていくのを、リーアンはどうすることもできなかった。

「タオルを渡してくださる?」これがわたしの声? なんだかいやにハスキーだ。彼がタオルを取って、手渡してくれた。

「慎み深いきみのために目をつぶっていてあげようか?」軽蔑したような口調に、リーアンは勇気をふるい、彼の謎《なぞ》めいた目に視線を合わせた。

「ほんとにそんなことをする?」

彼はおもしろそうな表情を浮かべている。「きみはそんなにきれいな体をしているのに、どうしてぼくがほめようとすると困った顔をするんだい?」

リーアンのサファイアのような目が、反抗的に輝いた。「もし反対の立場だったらどう?」

「それは、ぼくにタオルを取ってほしいということかい、リーアン?」

彼がわざとゆっくりタオルの結び目に手をかけると、リーアンははっとして立ち上がり、タオルの端が湯につかるのもかまわず、体にあてがった。

「わたしはのぞき趣味ではないし、あなたみたいに人を刺激するようなゲームも好きじゃないの」怒りに体を震わせながらバスタブから出て、ほっそりした体にタオルを巻きつけた。

そのまま彼のそばを通りすぎようとしたが、肩をつかまれてしまった。

「放して」

彼は放してくれなかった。なめらかな背中に彼の両手がすべり下り、あっけなくタオルを取られてしまう。

「いや……」口から出かかったののしりの言葉も、重ねられた唇で消えてしまった。

やがて顔を上げた彼は、さまざまな感情がよぎるリーアンの顔を――少し傷ついた震える唇を、そして目に表れた暗さを、じっと見つめた。

「ほんとうはいやだと思っていないなら、そんなことは言わないほうがいい」ものやわらかな言い方をされると、リーアンはもううんざりという気がした。「あなたはわたしに比べて、ずっと経験豊かですものね」彼女が落ち着きはらって言うと、彼の目がおもしろそうに輝いた。

「それがいやなのかい？」何も答えずにいると、彼がさらにやさしく言葉をつけ加えた。

「それとも、きみにはとてもそこまではなれないと、心配なのかい？」

リーアンは体をねじって彼の手から自由になろうとしたが、みじめにも失敗に終わった。

「何がいやか教えてあげましょうか」いらだたしさを隠しもせず、感情をぶちまけてしまう。「あなたのすべてよ」

彼はリーアンの激しい表情に視線を向け、それからなだらかな胸のふくらみへ、最後に、輝くブルーの瞳に落ち着いた。「なぜだか、考えたことがあるかい？」

「あるわ」たよりなげな言い方だった。

「でも、考えた結果を受け入れるつもりはないというわけか」

「ええ」

ディミートリのほほえみには不思議なやさしさが感じられた。「もうベッドへ行きたまえ」そう言って、リーアンの額にそっと口づけをする。「運よく、ぼくがベッドに入る前に眠ってしまえば、いやなぼくにわずらわされることもないだろう」彼は体にタオルを巻きつけ、リーアンを放した。

こんな時でさえ、腹立たしい気分とは裏腹に、体は彼に触れてもらいたがっている。体と心がこんなにも違っているなんて、自分で自分が信じられない。リーアンは彼の横を通りすぎ、寝室に入った。

タオルを落とし、シルクのナイトウェアを頭からかぶって着て、大きなベッドにもぐり込む。

どうして彼に抱かれてあんなに喜びを覚え、愛の行為に我を忘れてしまうのだろう？なぜ彼にそんなふうにさせられてしまうのだろう？

それは欲望のせいだ。感情とは関係のない、体の欲望のせいだ。

嘘《うそ》つき。もう一人の自分がささやいた。それはあなたが彼を愛しているからよ。ずっと彼を愛してきたじゃないの。あなたは二つのことに怒りを感じているのよ。ひとつは、無理やり結婚させた彼に対して。もうひとつは、それを許してしまった自分に対して。

眠りかけたとき、ディミートリが寝室に入ってきた。枕元のライトが消され、彼の重みでマットレスが少し沈んだ。

自分でもどうかしていると思いながらも、またリーアンの体が疼《うず》きはじめた。手を伸ばして、彼に触れたくてたまらない。それを抑えるために、彼女は指を固く握りしめた。

肋骨をそっとなぞり、胸板をおおう黒い胸毛をそっとなでたら、彼はいったいどうするだろうか?

それからさらに指を下にすべらせていき、臍《へそ》のくぼみへ、そして腿へ。彼の男性のしるしが目覚めてくれるだろうか?

あまりにも生々しいエロティックな空想に、体がほてってきたので、リーアンはきつく目を閉じた。

リラックスするのよ。心を落ち着けて。自分に言い聞かせながら、いつしか眠りに落ちたらしい。彼のことばかり考えていたせいか、夢の中でも彼が主人公だった。もちろん潜在意識のせいだったのかもしれないが。二人でベッドに横たわり、彼がそっと愛撫《あいぶ》してくれている。夢の中でリーアンはほほえみ、子猫のように体を伸ばし、彼の愛撫を受け入れながら、すてきよとつぶやいていた……。

しかしだんだん眠りのベールがはがされていくにつれ、その夢が現実だったことに気づいた。

リーアンはしばらくの間じっと動かず、胸のふくらみを片方ずつ愛撫され、次にはウエストのほうにそれが下りていくのに、かたずをのんで耐えていた。

彼の手が太腿に触れると、リーアンははっと身を固くし、その手がナイトウェアの裾《すそ》からすべり込むと、かすかなうめき声をもらした。

拒絶するつもりはなかった。彼のほうに向き直り、温かな唇を重ねる。ゆっくりと、この上なく甘美な愛の行為だった。

そのあとで彼の腕に抱かれ、肩のくぼみに頭をもたせかけながら、リーアンはただ、この瞬間をそっくり心の中にしまっておきたい、と思っていた。

8

リーアンはベンツを止め、ビューティ・クリニックへ向かって軽やかな足取りで歩いていった。よく晴れた夏の日で、空は青く澄み、かなり暑かったが、そよかぜがあるのが救いだった。

新しい一日が始まると思うと、うれしい期待に胸がふくらむ。受付の女性に親しげにほほえみながら、クリニックに入っていった。

「五分後にもう予約が入ってるわ、リーアン。午前中は全部いっぱいだし、午後も同じよ」受付係は鉛筆でチェックしている最中だった。

リーアンは急いで淡いピンクの半袖《はんそで》のユニフォームに着替え、お客の希望の香油名が記してあるカルテに目を通した。

アロマセラピーは、その薬学的な効果ゆえ、人気がある。このクリニックでも、一人ひとりのお客の気分に合わせた香油が調合されていた。

一人のお客から遅れると電話があったせいで、午前中の分が午後にまでずれ込んだ。昼休みも十分しかなくなり、サンドイッチと冷たい飲み物を口に入れるのが精いっぱいだった。

だが三時半に予約したお客が現れなかったおかげで、昼休みの埋め合わせができた。三時五十分、受付に確認を入れたところ、受付係は答えた。

「ミス・デラハンティからはなんの連絡も入ってないわ。道がこんでるんじゃないかしら」

ミス・デラハンティ？　その女性はシャンナだろうか？　デラハンティなどという姓はそう多くない。リーアンはみぞおちのあたりがきゅっと痛くなった。

ちょうど三十分遅れ、四時ぴったりに、エキゾティックな香水を漂わせて、背の高いブルネットの女性が入ってきた。ブランド物の真紅の服が美貌《びぼう》をさらに引き立てている。

「リーアン！」シャンナはことさらに驚いたような声をあげた。「ここで働いてるの？」

「ええ、アロマセラピストが入院してしまって、代わりの人が見つかるまでの間だけ」

「まあ、おえらいのね」シャンナがわざとゆっくりした口調で言った。

まるで猫のような女性だ。とがった爪を出して、相手を傷つける猫。でも今は仕事だ。リーアンはにこやかにほほえんだ。「どうぞこちらへ」メインサロンの奥にある個室へ、先に立って案内する。

予想どおり、シャンナはしなやかな美しい体で、きめの整った申し分のない肌をしている。仕事をこなすには、相手がだれかなどと考えず、ただ自分のすべきことだけをすればいいのだ。

最初のうちは幸いなことに、シャンナはおとなしく横になり、セラピーを楽しんでいる様子だったので、わざわざ話をしなくてすんだ。

だが結局、シャンナは声をかけてきた。「ねえ、どうして働くの？　自分の自由になるお金はかなりあるんでしょ。ディミートリだってあんまりいい顔をしなかったんじゃない？」

「働くと言っても、臨時ですもの。別に反対はしないわ」リーアンは感情を入れずに軽く受け流した。

「あなたたちの結婚みたいに、臨時というわけ？」

返事に気をつけて。心の中で声がする。「どうしてそんなことをおっしゃるの？」

「あなたには、ディミートリをずっと満足させておくことなんかできないんじゃない？」

「そうかしら？」

「そう思うわ。だってあの人は、すべてを受け入れて、しかも挑発的な女性が好きなのよ」甘ったるい声が答える。

リーアンはマッサージを続けながら、じっと耐えた。「彼の欲望を満足させるためにはってこと？」

「彼って愛人としては最高よね」シャンナは喉にからんだ声で笑った。「すごく男性的で、それでいてびっくりするほどやさしいの。その組み合わせがなんとも言えないのよね、そう思うでしょう?」

リーアンは心の動揺を見せまいと仕事に集中し、何も言わずに香油を選んで、やさしくリズミカルな動作を続けた。

「お金持同士の結婚って、ご都合主義が多いのよね、驚いちゃう」シャンナが皮肉っぽい口調で言った。「男性のほうは、自分と同じくらい裕福な相手を選んで、地位と財産を強化するの。だって裕福であることは権力を持つことだし、それが上流階級へのパスポートになるから。あなたたちの場合は、ディミートリがペイジの遺産をもう一度自分のものにしたかったというわけね」

たしかにそのとおりだ。一部真実とは違ったところがあるにせよ、そのとおりだ。同時に、この結婚をそんなふうに見ておもしろがっているのはシャンナだけではないと気づくと、リーアンはぞっとした。

でも、わたしの遺産の額はシャンナには知る由もないし、ディミートリがそんな詳細をもらすはずもない。とすれば、シャンナはただ当てずっぽうを言い、わざとわたしを傷つけようとしているのだ。

セラピーが終わり、受付へ向かうシャンナに、リーアンは無理にもほほえみを浮かべた。

「今夜またお会いできるわね」シャンナの言葉にリーアンが不思議そうな顔をすると、「オペラよ」シャンナが片方の眉をかすかに上げて教えてくれた。「ディミートリがチケットを持ってるわ。彼から聞いてない？」

そういえば、朝食の席でそんなことを言っていたのを思い出した。「もちろん、聞いてるわ」リーアンはオペラが好きだった。今夜の『ラ・ボエーム』は、前評判も高く、すばらしい配役で上演される。盛大な社交イベントとして、この町の上流階級の人たちがみんな集まると言われていた。

「それじゃ、劇場でね」シャンナのとげのある笑いに、うわべだけでも落ち着きを取り戻そうと、リーアンはかなりの努力をした。

わたしのほうが先にあなたを見つけたら、あいさつなんかしないわ。

「お友だちなの？」シャンナがガラスのドアを出ていくと、受付の女性が尋ねた。

「というか、ただちょっと知ってる人。あの人がここのお客だなんて知らなかったわ」

「もちろんあの人は有名だけど、ここに来たのは今日が初めてよ」

家に戻る道すがらリーアンは、彼女はわたしを動揺させるためにわざわざ来たらしい、と気づいた。そう思うだけで、気持が落ち着かなくなってくる。

外は暑く、ほとんど風もない。彼女はシャワーと食事の前にひと泳ぎするつもりで、急ぎ足で家の中に入っていった。

「ただいま、エレーニ」キッチンのほうへ行きながら、声をかけた。「お食事まで泳いでいいかしら？」

エレーニは満面に笑みをたたえた。「もちろんですとも。でも、三十分で上がってくださいね。そうそう、ディミートリさまからお電話で、少し遅くなるそうでございます。今日はいい一日でした？」

ええ、一時間前までは。ほんとうはそう言いたかったが、そんな返事をすれば、どうしたのかときかれるだろうし、きかれたところで何も答えたくはなかった。「ええ、とても」

「さあ、泳いでいらっしゃい。時間になったら声をかけましょうか？」

リーアンはかぶりを振り、軽やかな足取りで二階に上がった。五分後にはシルクのビキニに着替え、タオルを肩にかけて下りてきた。

何はさておき、ひんやりする水に飛び込み、ゆっくりと浮かび上がる。体を動かすことを楽しみながら何往復か泳いだ。

ほんとうはもっとのんびりしていたかった。だが、食事の前にシャワーを浴び、髪も洗わなければならない。リーアンはしかたなくプールから上がった。

五分後、バスルームから出て、ドレスを選ぼうと寝室へ入った時、ちょうど上着を脱いでいるディミートリの姿を目にして、はたとリーアンの足が止まった。

「バスルームはもういいかい？」

物慣れた手つきでタイをゆるめ、シャツのボタンをはずす彼に、リーアンは短く答え、ウォークインクローゼットに行った。最初に手に触れたサン・ドレスをハンガーから取る。

「エレーニが、あと五分で食事のしたくができると言っていた」

リーアンは頭からサン・ドレスをかぶり、ヒップのあたりを落ち着かせ、ファスナーを閉めた。「それじゃ、手伝ってくるわ」

これで逃れられる。階段を下りていきながら、彼女はほっとため息をついた。

食事中、いやによそよそしい態度だったせいか、ディミートリに、おやというような顔をされてしまった。「どうかしたのかい？」

エレーニお手製のみごとなアップル・クランブルをスプーンですくっていた手を止め、リーアンは用心深く彼のほうを見つめた。

「どうしてそんなことを言うの？」

彼は口の端をちょっとゆがめ、目に皮肉っぽい表情を浮かべた。「謎《なぞ》解きゲームでもしたいのか？」

リーアンはスプーンを置き、わき上がってくる怒りを抑えようとした。「別にゲームなんかしてないわ」すぐにこちらの感情を読み取られるのがいやだった。形のよい眉を上げ、相手の謎めいたまなざしをひたと見つめる。「あなたを喜ばせるだけですもの」

彼はかすかに目を細めた。その目が射るようにこちらに向けられている。「きみがつらい思いをしているのを見て、なぜぼくが喜んだりするんだい？」

それを聞いてリーアンはかすかにむなしい気分になった。しょせんディミートリに勝つことはできないのだ。彼は抜け目がなく、鋭い洞察力がある。わたしには、うまく煙に巻くことなどできない。

「わたしにはどうしようもないことなの」リーアンはかすかに肩をすくめた。

「きみが処理に困るようなことなんて、そうあるとは思えないが」

「ずいぶん信頼してくださるのね」ふざけた口調で言うと、彼の黒い目がおもしろそうに輝き、口元もしだいにほころんだ。

「きみは若く美しい。それにやさしい心を持っている。もしだれかが故意にきみを傷つけようとしているなら、ぼくが黙ってはいないよ」

このあたりで冗談にまぎらしておかないと、どうにかなってしまいそうだ。「いじめの相手のリストを作りましょうか？」

「ぼくは本気で言っているんだよ」

あなたの元恋人が原因なのよ、と言ったら、どんな反応を示すだろうか。「お食事がすんだのなら、食器をキッチンへ下げるわ」

「そのままにしておきたまえ。もう時間がない」ディミートリに言われ、しかたなく肩をすくめた時、エレーニもせかせかとやってきた。

リーアンは二階へ上がり、まずメイクにかかった。髪は優雅なアップに結い、真紅のイヴニング・ドレスを身にまとう。ドレスに合う靴を選び、バッグを持ち、ディミートリのほうに向き直った。

ブラックタイに白いシルクのシャツを着た彼の魅力的な姿に、思わず息をのんでしまう。彫りが深くたくましいハンサムな顔立ちで、両親から受け継がれた、人もうらやむような美貌だった。しかし見た目のよさ以上に、もっと人を引きつけるものがあった。それは生まれ持った力強さと、セクシーな魅力が混じり合った、彼独特の雰囲気だった。その雰囲気のせいで、ほとんど瞬間的に女性は彼を振り返り、多くの女性は彼の気を引こうとする。

危険だと思いながらも、わくわくするような気持を抑えられないまま、リーアンは彼の先に立って車に乗り込んだ。

邸内の道を運転するディミートリを見ながら、リーアンは考えていた。父親のヤニスも同じだった。しかし、ヤニスの愛情はペイジだけに向けられていたのだ。

わたしもそんなふうに愛してほしいと思うのは、無理な願いなのだろうか。

何を考えてるの。そんなことを考えてもどうしようもない。それよりも、窓の外の景色を眺めて、『ラ・ボエーム』のことを考えていたほうがいい。

国立劇場は、十八世紀ヨーロッパのオペラハウスを思わせる優雅なたたずまいの、三層構造の建物だった。第一幕の終わり、ロドルフォとミミの二重唱を、リーアンはうっとりと聴いていた。

「どうだい?」ライトがつき、ディミートリに尋ねられると、彼女は満面に笑みをたたえた。

「すばらしいキャストだわ。音楽も最高だし」するとにわかに彼が手を取り、指を一本ずつ口元にあてがったので、リーアンは驚いて目を大きく見開いた。

なんてセクシーなしぐさだろう。彼の黒い瞳の中に情熱の炎が燃えているのに気づくと、唇がかすかに震えてしまった。

「何か飲むかい?」

夕食後にコーヒーを飲む時間がなかったので、喉が渇いていた。「ええ」

同じ考えの客が大勢いたようだった。バーのほうへ向かう客でロビーはひどくこみ合っている。

「ディミートリ! お会いできてよかったわ」女らしい声の主が近づいてきた。

クリシー・ヴァン・ハームというこの女性は今夜の主催者で、社交界の花形だ。また慈善事業にも精力的で、ペイジの友人でもあった。

「リーアン。お母さま、残念だったわね。彼女はわたしたちみんなの宝物だったわ」リーアンの手を取って言う。「それから結婚のこと、聞いたわよ。ほんとによかったわ」

「ありがとうございます。クリシーおばさまもお元気ですか？」

「ええ、大忙し。でもこれがわたしの性分に合ってるみたいね。まあ、あなた、ほんとにおきれい。すぐにかわいい赤ちゃんがたくさん生まれるでしょうね。ペイジが生きてたら、きっとお孫さんをかわいがったでしょうに。そうそう、クリスマス前にパーティがあるの。またディミートリに招待状をお送りするわ。では、そろそろ失礼するわね」

クリシーの言葉に動揺しながら、リーアンはなんとかそれらしい返事をした。

子ども？　考えたこともなかった。でも、どうして考えなかったのだろう？　もしディミートリとの間に子どもができたら、その子はもちろんのこと、わたしももう絶対に解放してもらえない。つまり、全面的に有利な立場にある夫のもとで、愛のない結婚生活から逃れることができなくなるのだ。この、家系を絶やしたくないという男に操られているゲームの中で、わたしは単なる人質でしかないのだろうか？　まず婚約、そして結婚という彼の計画の中の、部分品でしかないのだろうか？

「きみのだよ」

いつものゆったりした声が聞こえて少し振り返り、リーアンは冷たいグラスを受け取った。

「第二幕まであと数分だ」その時だれかに名を呼ばれ、彼はそちらのほうを振り向いた。

リーアンはほっとした。これで彼に見つめられずにミネラルウォーターを飲める。折しも開幕のベルが鳴り、幕間《まくあい》の終わりを告げていた。

二幕目、リーアンは主役の二人ではなく、脇《わき》役の二人の、情熱と怒りそのもののような激しい愛に心引かれた。それはどこか自分の心の葛藤《かっとう》と似ていたからだ。

次の幕間の休憩時間、ロビーは、さっきよりすいていた。友人の両親と出会い、友だちのヨーロッパ滞在のニュースが聞けたのはうれしかった。

しかし、ディミートリのそばに立っているシャンナの姿に、リーアンは心おだやかではなかった。それでも、今は演技をしなくてはと自分に言い聞かせ、リーアンは礼儀正しく彼女にあいさつをした。

ほんとうにゴージャスな女性。頭のてっぺんから爪先まで、輝くばかりに美しい。ディミートリと、並んで立っているシャンナの姿は、まさにお似合いだった。ハイヒールのせいで、シャンナはちょうど彼の目の高さにいる。

なんと自信にあふれた様子だろう。名声も富も、すべてのものを神に与えられている女性だ。

でも、ディミートリだけは彼女のものではない。それとも彼女のものなのだろうか？

シャンナはそばでじっと見ていて、事情が許した時だけ彼が注目してくれるのを待ち構え、いつかディミートリが離婚するのを待っているだけでいいのだろうか？　結婚なんかどうでもいいと思っているのだろうか？

いや、そんなはずはない。シャンナはすべてを手に入れたいと思うはずだ。彼女の計画にとっては、わたしの存在など、ほんの一時的な障害にすぎないのかもしれない。

「いや、ちょっと無理だろう」ディミートリの声が聞こえ、リーアンははっと我に返った。「明日は二人とも朝早いからね」

リーアンの背骨のつけ根に添えられた彼の手が、ゆっくりとウエストまで上がってゆく。

シャンナはかすかに目を細め、わざとしかめっ面をしてみせた。「劇場のあとナイトクラブにも行かないなんて、前はそんなことなかったのに」

「今はそれより妻と愛し合いたいのさ」

軽やかに笑うシャンナの顔には、怒りの表情は見えなかった。「暗闇《くらやみ》では猫はみんな同じ、と言うものね」

「そう？　きみの恋人たちもみんな同じかい？」

シャンナはきれいにマニキュアをした指先を、ディミートリのジャケットの襟に触れた。

「まあ、あなたったら、自分が一番だって言ってほしいの？　奥さまの目の前で？」

ディミートリは平然とシャンナの手をはらいのけた。表面上は落ち着いているが、こんなやりとりにかなりうんざりしているのが、リーアンにはわかった。「引き際はきれいにしたまえ。そうだろう？」彼が怖いほどなめらかな口調で言うと、シャンナはみごとなほほえみを浮かべた。そして失礼と言いながら、人込みの中にまぎれていった。

幕間の終わりを告げるベルにはっとして、リーアンはしかたなくディミートリと並んで客席に戻った。

席に着いて間もなく幕が上がったが、リーアンはほとんど舞台には集中できなかった。どうしてもシャンナとディミートリの姿が目の前にちらつくのを振りはらえない。

身じろぎもせず座っていたものの、ほんとうは席を立って出ていきたかった。まったく、あの二人ときたら！

怒りのあまり、爪がくい込むほど手を握りしめる。

その時、急にディミートリの手が重ねられた。振りほどこうとしたが、ぎゅっと握られて自由にならない。まさかここで騒ぎを起こすわけにもいかないので、リーアンはそのまま黙っているしかなかった。

胸の鼓動がしだいに大きくなり、ついには体全体が鳴り響くドラムになったような気がしてくる。その時、彼が手首の脈打つ血管をゆっくりと愛撫《あいぶ》しはじめたので、リーアンははっとした。

涙に光る目で、彼のほうを見つめたが、すぐに舞台に視線を戻す。

三幕が終わると救われた気分になった。さっさと立ち上がったが、結局彼に手を取られ、ロビーに出るはめになってしまった。

通路に出た時にも手を離そうとしたが、いらだたしげな表情で拒絶されたのだ。

「申し訳ないけど、男性の立ち入り禁止の場所へ行きたいの」

疑い深げな視線を向けられたが、それでも放してくれたので、リーアンは足早にパウダールームに行った。鏡の前で口紅を塗り直し、大きくため息をついてから、ロビーに戻る。

車に乗り込むと、もう遅い時間だった。リーアンは黙って座席に座り、ディミートリが駐車場から車を出し、郊外へ向かう車の列に入るのに任せた。

家に着くまでのわずかな時間、二人はほとんど口をきかなかった。リーアンは家の中に入ると、すぐに階段を上りかけたが、彼に腕をつかまれ、くるりと向きを変えさせられてしまった。

リーアンは冷たい視線を向けたままひと言も言わず、やがて腕をつかんでいる彼の手を見下ろした。

彼は硬い表情でこちらを見つめている。「シャンナとのことはもうずっと前に終わった」

暖かな夏の宵だというのに、リーアンは寒けを感じた。「わたしには興味のないことだわ」冷ややかに言いながら、反抗的に彼をにらみつけた。

「そう?」ひどくものやわらかな口調で、ディミートリが追い討ちをかける。

その容赦のない厳しい表情を目の前にすると、リーアンは内心おじけづき、喉元の脈が速くなるのがわかった。だが、うろたえているところを見せてしまえば、落ち着きを取り戻すのは難しい。

「シャンナとのことを弁解したいの？　いったいなんのために？　そんなことをしても何も変わらないのに」

「きみを傷つけるつもりはなかった」

「気にしなければ、傷ついたりもしないわ」まじめな調子で言いながら、小さくほほえんで言葉をやわらげようとしたが、うまくいかなかった。

「で、きみは気にしないというわけかい？」

かすかな皮肉に心がちくりと痛み、また新たにわき上がってきた怒りに、頰がわずかに紅潮した。

「結婚前に、あなたがだれと何をしようと、わたしには関係がないわ」

「うまくかわしたね」激しく脈打っている喉元を見つめながら、ディミートリがからかった。

今ここで逃げ出さなかったら、怒りを爆発させるか、わっと泣きだしてしまいそうだ。泣きはらした赤い目で感情をむき出しにするのは、あまりにも大人げない。ここでかっとしてしまったら、あとでその報いが来て、手に負えない状態に陥ってしまうだろう。

「もう遅いわ、眠いの」リーアンは平静さを装って言った。気の遠くなるような沈黙。ひと息、ひと息、呼吸を意識するごとに、だんだん緊張が増していく。

彼はしばらくの間、謎めいた目で見つめていたが、やがて手を放してくれた。リーアンは背を向け、わざとしずしずと階段を上っていった。

寝室に入ってドレスを脱ぎ、髪をほどき、顔を洗った。ナイトウェアに着替えてベッドに入る。

ちょうど眠りかけたころ、ディミートリが入ってきた。衣《きぬ》ずれの音が聞こえ、続いてマットレスが少し沈む。

もし彼が手を触れてきたら、猫のように反抗しよう。リーアンは全身を緊張させて、相手の出方を待った。そして彼が何もしてこないと、かえって腹立たしくなった。何かしてくれれば、抑えている怒りを爆発させることもできるのに。ほどなく規則正しい寝息が聞こえてきた。なんの苦労もなく安らかな眠りにつく彼に、ひどく腹が立つ。

気持が落ち着いてリーアンが眠りに落ちたのは、かなりたってからのことだった。翌朝、七時すぎに目覚めた時には、ベッドに一人きりだった。

9

どうしてあんな反抗的なことを言ってしまったのか、自分でもよくわからない。たぶん理由はひとつでなく、いろいろなことが重なっているのだ。

そもそもの始まりは、朝食の席で、その晩のディナーに同伴してホステス役を務めてほしいというディミートリの伝言を、エレーニから聞いたことだった。

「わたしはちょっと無理だと思うわ」とっさに口から出任せを言ってしまった。彼の気まぐれにおとなしく従ってばかりはいられない、という気分だったのだ。

「まあ」エレーニのそのひと言に、驚きと疑いがこめられていた。「遅くまでお仕事なんですか?」

「友だちと食事をする約束をしてしまったの」それはたった今考えついた言い訳だった。

「ほかの日にすることはできませんかしら?」エレーニにそう言われ、考えているふりをしてから、残念そうにかぶりを振った。

「できたらそうするけど」リーアンはにっこりとほほえんで言った。「ディミートリに電話して、そう言っておいてくれない？　今日は忙しくて連絡できそうもないの」

ばかだったわ。一時間後、最初の客をトリートメントルームに案内しながら、リーアンはもう後悔していた。

午前のなかばごろには、後悔の気持はますます強くなっていた。受付の電話が鳴るたびに、予定なんか全部キャンセルしろ、とディミートリが言ってきたのではないかとびくびくしてすごした。

だから、昼ごろ、受付の女性に電話だと言われた時は、今か今かと待っていたせいか、かえって拍子抜けした気分だった。

「名前と電話番号を聞いておいて。手が空いたら、かけ直すから」

電話をかけるころには、気分はどん底まで落ち込んでいた。ディミートリが出ると、リーアンは受話器をきつく握りしめた。

「エレーニから聞いたが、今夜は食事をする予定があるそうだね」いきなりそう言われ、彼の厳しい表情が目に浮かんだ。その厳しさが電話線を伝ってくるような気がして、思わず不安に震えそうになるのを抑えられなかった。

「ええ」リーアンは、できるだけていねいな口調で答えた。

「友だちと、ということだが」

「わたしにだって友だちはいるわ。友だちと食事をするのがそんなに驚くこと？」

「いや、そういうわけじゃない。その女性は、別の晩に夕食に招いたらどうだろう」

思わずひと言、言わずにいられなかった。「なぜ女性だと決めつけるの?」

「強がりを言っているのかい、リーアン?」いやにやさしい声で尋ねられ、リーアンは怒りを抑えるためにさらに受話器を握る手に力を入れた。「こちらの事情を説明すれば、その友だちもわかってくれるだろう」

「それじゃ、まるでわたしの予定なんかどうでもいいと言うみたいね」彼に対して口答えするなんて、どうかしている。そう思いながらも、自分でもどうしようもなかった。

「まじめに話し合おうじゃないか」彼がおだやかな口調で言うと、リーアンはすぐに言い返した。

「お客さまを一人でおもてなししたらどう? なぜわたしが同席しなくてはならないのかしら? わたしの魅力で、お客さまの気持をやわらげろというもくろみでもあるなら別だけど。女性の魅力で相手の気を散らすのがねらい?」それからちょっと口をつぐみ、とどめをさした。「シャンナはそういう役をしてくれたの?」

電話の向こうから、低いののしり声が聞こえたような気がした。続いて、ビロードにくるまれた鋼のような言葉が返ってきた。

「きみのほうの予定を延ばしてもらえるとありがたいが」

こんなことが言えるのも、同じ部屋にいないからだ。もしそうでなかったら、彼にたてつくことの愚かさをいやというほど思い知らされるだろう。お互いの間に距離があるからこそ、勇気を持って言えるのだ。「考えてみるわ」

「それじゃ、結果を教えてくれたまえ」

彼は怒っている。激怒していると言ったほうがいいかもしれない。しかしリーアンもいつもの精神状態ではなかった。

「お客さまを待たせているの。今日は個人的な電話はできないと思うわ」そう言って静かに受話器を置いたが、その午後はずっと不安と興奮に気持が乱れていた。

五時にエレーニに電話をかけ、あと一時間で帰ると告げた。車をガレージに入れたのは、六時すぎのことだった。

そのころにはすでに興奮はすっかりさめて、不安だけが胸の中に渦巻いていた。リーアンは家の中に入り、そのまま二階に上がった。

いったいわたしは何を考えていたのだろう？　彼に反抗するなんて、まったくどうかしている。

寝室はがらんとしていた。無意識のうちにこらえていた息を吐き出したが、隣のバスルームからシャワーの音が聞こえると、リーアンはまた息をのんだ。

ぐずぐずしている暇はない。リーアンはウォークインクローゼットの前に立った。震える指先で服を脱いでシルクのローブをはおり、新しい下着とストッキングを出して、それをベッドにほうる。

ドレスを選ぼうとクローゼットのほうに戻った時、腰にタオルを無造作に巻きつけたディミートリがバスルームから出てきた。

視線を合わせると、彼の黒い瞳の奥に見える厳しい表情に、みぞおちのあたりがどきりとした。

「三十分後に出かけるつもりだ。きみが一緒に行くか行かないかは知らないが」どこかにがにがしい声で言いながら、引き出しから下着やソックスを取り出していく。

彼がタオルを床に落とすと、リーアンはあわてて目をそむけ、筋肉質のがっしりした体を心に描きながら、足早にバスルームに入った。

ようやくのことで時間に間に合った。あざやかな緑のシルクのドレスに靴、そして首には小さなエメラルドのペンダント。髪は下ろしたままにしておいたが、それもアップにするより時間がかからないという理由からだった。間に合ったと言っても、イヤリングは彼と並んで階段を下りながらつけたくらいなのだ。

車の中では何も言わずに座っていた。時間がたつにつれて、二人の間の溝がますます深まっていくような気がする。

「休戦にしないか?」どれほど時間がたったころだろうか、ディミートリがいやにやさしく声をかけてきた。顔を向けると、力強く引きしまった横顔が目に入った。

「頑固なだんなさまのふりなんか、することはなかったのに」

リーアンはただそう言った。しばらくしてから、車の速度が落ちた。彼はこちらの心の中を探るような視線をちらと向けてきたが、やがて前方に注意を戻した。

数分後、シティ・ホテルに入ると、ボーイに車を任せ、二人はレストランに入っていった。

「お客さまはもうお見えでございます」テーブルに案内しながら、ボーイ長が言った。

背の高い、とてもハンサムな男性が立ち上がる。ディミートリがお互いを紹介し、リーアンのために椅子を引いた。

その男性、レイオン・アンドレがフランス語でささやきかけてきた。それを聞いてリーアンがかすかに頰を赤らめると、相手は軽やかに笑った。

「わかってくださったようですね」あからさまにほめちぎったことを恥ずかしがる様子もなく、レイオンはほほえんだ。「あなたがぼくの奥さんだったら、一人で家にほうってなんかおきません」

すてきな男性で、ディミートリに勝るとも劣らなかった。二人は古くからの友人のようだったが、その理由はすぐにわかる。どちらも生まれながらに権力を持ち、力強い男らしさを兼ね備えている。

「結婚していらっしゃらないんですか？」失礼にならないように注意しながら尋ねると、

彼は苦笑した。

「一度はしましたが。数年前のことです。ぼくもまだ若くて、身のまわりにあるものはすべて自分の自由になると思い込んでいました。そのおかげで、世界中で何よりも大切な人を、ないがしろにしてしまった。もうまわりが見えなくなっていてね。それで家内は出ていってしまいました」

「まあ、お気の毒に」

「そうですよ」レイオンはディミートリのほうに視線を向けた。「きみも気をつけたほうがいい」

「ぼくは大切にしているからね」ディミートリが物やわらかな口調で言うと、レイオンは低い声で笑った。

「ああ、そうだろうね」レイオンはリーアンのほうにほほえみかけた。「ワインを選んでください」

ディミートリにちらと視線を向けたが、彼の表情からは何も読み取れなかった。「それでは、ピノ・シャルドネでどうでしょうか?」リーアンの提案に、レイオンが高価な輸入物を注文したのを見て、リーアンはかすかに目を見開いた。

「彼とはいつからの知り合いなんですか?」レイオンがゆったりと魅力的な口調で尋ねる。

「十年ほど前から」

「へえ。それじゃ、いくらなんでもあなたは若すぎたでしょう。それで、彼のほうがしばらく離れて、あなたの成長を待っていたということですか?」

リーアンは思わずほほえんだ。「正確にはちょっと違うわ。わたしのほうが離れていたんです」

「彼は追いかけてきませんでした?」

「ええ、最近までは」

「料理を決めようか?」ディミートリが落ち着いた様子で口を挟んだ。

初めから終わりまで、料理はどれも絶品だった。それに、リーアン自身、こんなに楽しんだのも久しぶりだった。それはワインと照明と、レイオンのユーモアたっぷりの話術のせいに違いない。リーアンはいつの間にか楽しい会話に巻き込まれ、目を輝かせ、口元を笑いにほころばせていた。

「今日はお仕事の話じゃなかったんですか?」コーヒーが運ばれてきた時、リーアンは尋ねた。

「仕事の話はもう午後にすませましたから」レイオンがゆったりとしたほほえみを浮かべて言う。「だから今夜は楽しめばいいんです。ディミートリとは、大学時代からの友人でしてね。彼をとうとうひざまずかせた女性に、ぜひ会ってみたかったんです」彼の微笑にはなんのわだかまりもなかった。「彼の選択が正しかったことがわかりました。あなたは実にすばらしい」

コーヒーを飲み終わったレイオンは腕時計を見やり、請求書を持ってくるように合図した。「最上階のナイトクラブに行きませんか？」

まだ十時だったし、リーアンはちっとも疲れていなかった。「一時間ぐらいなら」

「夜中までいいじゃないですか。ディミートリのジャガーがかぼちゃに変わる前に退散すればいいんだから」

そのナイトクラブは常連が多く、バンドも一流だった。リーアンがこんなにうきうきした気分になったのは久しぶりのことだった。

「ぼくと踊っていただけますか？」

「ディミートリ、いいかしら？」いちおうきかなくてはと声をかけると、彼は笑いながら同意した。

かなり上背があるにしては、レイオンは驚くほど軽やかなステップで、動きもごく自然だった。

「わたし、あまりうまくなくて」リーアンの言葉に、彼がほほえみかけた。

「あまりナイトクラブには来ないんですか？」

「ええ、ほとんど。わたしは映画や演劇やバレエが好きなんです」

「で、そのほかの時間は、家でテレビを見たり、本を読んだり？」

リーアンは思わず笑ってしまった。「どうしてわかるの？」

「ディミートリはラッキーな男だな」

リーアンはなんと返事をすればよいのかわからなかったので、ただ、「席に戻りましょうか」とつぶやいた。

バンドが小休止したあと、ふたたび演奏を始めると、今度はディミートリにフロアへ連れ出された。

レイオンとのダンスは楽しいというだけだった。だが、ディミートリと踊っていると、セクシーな魅力に引きつけられずにいられない。だから彼に引き寄せられたときも、抵抗しなかった。音楽に乗って彼の首に両腕を回し、そっと身をゆだねるのが、ごく自然なことだった。

こういうふうにしたかったのだ。だから、彼に両腕をほどかれ、テーブルのほうへ戻った時には、なんだか見捨てられたような気がした。

赤毛の美人と話に夢中になっていたレイオンは、二人を見るとその女性を紹介した。ディミートリがそろそろ失礼すると言った時も、別に驚くそぶりも見せなかった。

車に乗るとリーアンは黙り込んで、ヘッドレストに頭をもたせかけた。車はトゥーラックに向かって走っていく。

「ナイトキャップでもどうだい？」家の中に入ってディミートリに尋ねられると、リーアンはかぶりを振った。

〝今夜はほんとに楽しかったわ〟と言いたかったが、夫以外の男性と一緒で楽しかったと言うのも、ためらわれた。それに、ディミートリの目に謎《なぞ》めいた表情が浮かんでいる。

「予定が変わって、きみの友人はさぞがっかりしたんじゃないのかい？」

そのやわらかな声は胸の奥底にまで届くようだった。リーアンは少し顔を上げ、毅然《きぜん》として彼を見つめた。

「今夜は初めから、何も約束なんかなかったわ。ただ、あなたのえらそうな態度がいやだったの。だから、あなたの言うことならなんでも聞くような、おとなしい付属物みたいな役回りはごめんだったの」

一瞬目の表情を硬くしてから、彼はからかうような笑いに口元をゆがめた。「つまり、反抗的な態度をとってみたというわけかい？」

彼のほうをじっと見つめながら、リーアンは彼の強い意志に負けるつもりはなかった。

「ええ」

彼がこちらに近づいて来ると、くるりと背を向けて二階へ駆け上がってしまいたい衝動にかられた。

「そんなことをすればぼくを怒らせるだけだと、気にならなかった？」危険なほどやさしい口調で尋ねられ、リーアンはかすかに顎を上げた。

「ええ、その時には気にならなかったわ」

ディミートリはかすかに口元をゆがめ、リーアンの顔にかかった髪を耳の後ろにかき上げた。「で、今はどうだい？」

どうしようもないというようにちょっと肩をすくめたが、自分の意思とは別に、なぜか彼のほうに体が引き寄せられてしまう。まるでこの二つの体がひとつになることが神によって定められていて、急速に引きつけ合っているような感じだった。「あなたに反抗したって、いいことがあるかしら？」

リーアンの口元に浮かんだかすかな用心深さ、そして美しい青い目に表れた決意。彼はそれらに視線を向け、おだやかに言葉を続けた。「でも、きみは反抗したい」

「あなたにはどうしても影響されてしまうから」

彼はほほえんだ。その黒い瞳に表れたおもしろそうな表情に、リーアンは死んでしまいたい気分だった。

「どうしてなのか、考えたことはあるかい？」

持ち前の正直な性格から、リーアンは思わず「四年前に」と答えていた。無理にも彼と視線を合わせていたが、親指で唇の線をなぞられると、かすかに唇が震え、目を大きく見開いてしまう。

身動きもせず立っていると、彼が身をかがめ、唇を重ねてきた。リーアンは目を閉じた。

力強く温かな唇でたくみに愛撫《あいぶ》され、胸が激しく高鳴る。リーアンは気が遠くなってしまいそうだった。口づけが激しくなり、抱き寄せられると、自分の中の裏切り者の欲望のとりこになって、彼の情熱の高まりしかわからなくなってしまう。

やがて唇を離すと、彼はリーアンを抱き上げて二階へ上がっていった。

どうなってもかまわない。今は彼にすべてを奪われたい。そして理性を超えた、二人だけの魔法の時間を分かち合いたい。

寝室に入ると、二人は何かにせき立てられるようにじゃまな服を脱ぎ捨てた。彼が飢えたように求めてくる。ゆっくりと時間をかけて気分を高めるということもできず、二人にあるのは差し迫った欲望だけだった。激しい喜びにひしとしがみつくリーアンを、彼はさらに喜びの果てまで導いていく。

かなりたってから、彼の唇が肩の丸みに触れるのを感じた。その唇が胸のふくらみのほうへ下りてきて、彼がゆっくりと愛撫を始めると、またもや欲望が高まってくる。リーアンが彼の首に両腕を回し、体をすりつけると、彼がやさしい愛撫をしてくれた。やさしく、大切なものを扱うように。

いいえ。大切にされているというのとは違うわ。ゆっくりと眠りに落ちていきながらも、リーアンは心の中の声を聞いた。大切にするということは愛するということだもの。でも、彼がわたしに抱いているのは、せいぜい健康な欲望というだけのものなのだ。

10

土曜の朝、リーアンは少しさびしい気持でビューティ・クリニックに入っていった。月曜から代わりのスタッフが見つかったため、今日が最後の出勤だった。

このクリニックでの仕事はほんとうに楽しかった。お客との触れ合いや、感謝された時の喜びもひとしおだった。だから終わるのがさびしかったのだ。ゴールド・コーストの、自分の経営するクリニックが恋しくてたまらないでいたことも、今さらながら思い知らされた。もちろん、このメルボルンにもわが家があるのだけれど。

「予約でいっぱいよ」リーアンがその日の予約を調べていると、受付の女性がちょっとさびしそうなほほえみを浮かべて言った。

リーアンは、はっきりした筆跡で、午前中の後半に、またシャンナのアロマセラピーの予約が入れられているのを見つけた。すると急に、心が沈んでいくのがわかる。

わずか二、三日後にまた予約をするほど、あのシャンナがわたしのセラピーを高く買っているとは考えられない。とすれば、彼女には別の目的があるはずだ。それがディミートりにかかわりがあるということも、疑う余地はない。

またいやがらせに来るの？　しばらくのち、リーアンは予約の確認をしながらひねくれた考えにひたっていた。もうシャンナは十分遅れている。これもわたしをうろたえさせるための作戦かしら？

いやだ、わたしったら、いったい何を考えているのだろう？　シャンナのこととなると、かなり偏執的になっている。

「リーアン、ミス・デラハンティがいらしたわ」

受付係に礼を言いながら、リーアンは足早にロビーへ出ていった。

「シャンナ、お元気？」

トリートメントルームへ向かいながら、シャンナは職業的ないつものほほえみを浮かべた。

とにかくリーアンは仕事にかかった。シャンナがあまり話したくなさそうな様子なのが、ありがたかった。

しかしそれも長くは続かなかった。セラピーの終わるころになって、シャンナが腕に手をかけ、こう言ったのだ。

「お願いがあるんだけど、いいかしら？」

持ち前の礼儀正しさから、リーアンは無理にもていねいな返事をした。「わたしでできることなら」用心深くそう言うと、相手の黒い瞳が満足そうに輝いた。

「ちょっとデリケートなことなのよ」シャンナはかすかに顔をしかめてみせた。片方の眉を上げ、申し訳なさそうな表情を浮かべている。「ほんとは特別なメッセンジャーを使おうかとも思ったんだけど、でも考え直してやめにしたの。だってディミートリの秘書が、包みを開けないとも限らないし」

早く要点を言いなさいよ、と叫びたいくらいだった。隅に追いつめられながら、なかなか飛びかからない猫に、いたずらに苦痛を引き延ばされているねずみといった気分だ。

「それでよく考えた末に、あなたから彼に渡してもらうのが、一番だという結論に達したの」

そう言いながらも、バッグから何か取り出す様子はない。リーアンは落ち着いたままなざしで、しっかりとほほえみを浮かべたまま、静かに立っていた。ほんとうはもう限界に来ていたが、ここで不安を見せてシャンナを喜ばせるつもりはない。

「きのうディミートリと一緒だったの」シャンナはそう言いながら、最後のとどめをさした。「それで……」そこでわざと効果的な間を置く。「まあ、ことのなりゆきで、わかるでしょ?」彼女は無造作に肩をすくめた。

リーアンは全身に寒けを覚え、身震いをした。シャンナの満足そうな目からすると、つらそうな表情を見せてしまったらしい。

シャンナは芝居がかったしぐさでバッグに手を伸ばし、鍵《かぎ》を二つ取り出した。「ディミートリにこれを返してほしいの」

リーアンはシャンナの手から鍵を受け取り、すばやくポケットにしまった。彼女のセラピーが終了した時も、ほほえみさえ浮かべることができた。

「代わりのアロマセラピストが見つかったんですって。月曜からは、スーザンという女性が担当になるわ」シャンナの言葉も待たずに、リーアンはトリートメントルームをあとにした。

しばらくしてシャンナが出ていったあと、リーアンは午後の予約を確認し、早めの昼休みを取り、チキンサラダのサンドイッチを少しだけかじった。そして二杯目のカプチーノを飲みながら、コーヒーの温かさになぐさめを求めようとするかのように、両手でしっかりとカップを包み込んだ。

持ってきた雑誌は別に読みたくもなかったが、ぱらぱらとめくってみる。ディミートリの端整な写真とシャンナの顔とがあちこちに載っており、それを見ていると、激しい嫉妬《しっと》がわき上がってきた。

リーアンはどうにかその日の午後をすごした。仕事の終わりにマネジャーからプレゼントを受け取った時にも、心から感激できたほどだ。

その晩は外出の予定だったが、とてもそんな気分にはなれない。リーアンはベンツのエンジンをかけ、家に向かった。

その晩の社交の催しは、シティ・ホテルの豪華な宴会場で開かれることになっている。しかも出席者は全員正装。そしてわたしはディミートリの横で、にっこりとほほえんでいなければならないのだ。

疲れているし、頭も痛いから欠席すると言ったら、彼はどんな反応を示すだろうか？ディミートリのジャガーよりもほんの少し早く角を曲がったリーアンは、先に電子制御の門を通り抜けた。邸内の道に入ったとたん、突然スピードを上げ、それから急ブレーキをかけて止まった。大人げないわ、こんなことをして。

それからはいつものように速度を落とし、慎重にガレージに入った。

正面玄関にディミートリが待っていた。半袖《はんそで》の白いニットのシャツに、テニスショーツをはいている。たくましい筋肉に浅黒い肌。ほれぼれするような体だった。ほんとうに魅力的な男性だ。彼女は心の内でそれを認めた。シャンナが別れたくないのも無理はない。

「今日はどうだった？」彼がほほえみながら言う。

リーアンはありったけの演技力で答えた。「楽しかったわ。あなたは？」

しかしその声にかすかな皮肉を感じ取った彼は、かすかに目を細めてリーアンの顔をさぐるように見つめた。「スポーツの一日だったよ。ランチの前にはゴルフ、午後はテニスのスリーセットマッチ」

ロビーに入ると、リーアンは階段のほうへ歩きだした。

「何時に出かけるの?」一段上りかけて、無意識のうちに手すりをつかんだところで、デイミートリに手首を押さえられてしまった。

「何があった?」ひどくやさしい声だったので思わず振り向いてみると、彼の表情は硬かった。

「どうしてそんなことを言うの?」リーアンは軽い調子で言ったが、じっと見つめられるとつらかった。

「忘れたのかい? きみの心の中は手に取るように読めるんだ」

「すごいのね」リーアンはわざとふざけた返事をした。「わたしには秘密なんか何もないわ」

「だがぼくのほうには、秘密があると言いたいのかい?」

しばらくの間まばたきもせずに彼と視線を合わせていたが、やがて無造作に肩をすくめた。「あなたは自分から望まない限り、うっかり秘密をもらすなんてことはないじゃない」

彼は険しい表情でかすかに目を細めた。「はっきり言いたまえ、リーアン」

「手を放して」彼はいやになるほど観察が鋭い。リーアンは昔から感情を隠すのがうまいほうではなかったので、彼のポーカーフェイスがうらやましいくらいだ。こみ上げてきた腹立たしさを抑えようとリーアンは一度目を閉じ、それから目を開けて、手を離そうと強く引っ張った。

「何があったのか話してくれたら、手を放そう」

怒りのあまり目を輝かせ、頬を紅潮させて、リーアンは彼をにらみつけた。

「あなたはわたしの保護者じゃないわ」

「だが、夫であることはまちがいない」ゆったりとした口調で言うディミートリに、リーアンは怒りを抑えるのが精いっぱいだった。

「その事実をしっかり心にとどめておいていただきたいものだわ」その言葉に、彼のまなざしがきつくなる。

「何が言いたい?」

彼とやり合うのは、煉瓦《れんが》塀に頭を打ちつけるようなものだ。なんのかいもなく、ただ苦痛を感じるだけ。

「きっとうわさが広まるわ」しばらく黙っていたが、リーアンは口を開いた。「今週の初め、シャンナがわたしのアロマセラピーの予約をしてきたの。それから、今日の午前中にもまた」

彼は動揺する様子もない。「それが何か特別なことなのかい?」

リーアンは目を閉じ、それからゆっくりと開いた。「受付の話では、彼女はあそこの常連ではないそうだわ」

彼の目は暗く、表情は読み取れない。「先を続けて」

「あなたに返すものがあると、シャンナに頼まれたわ」心の中では怒りのあまり、煮えくり返るような思いをしているというのに、自分でも驚くほど冷静な声だった。

「それじゃ、返してくれるかい？」やさしい言い方だった。

リーアンは何も言わずにバッグの中を探って鍵を取り出し、もったいぶった様子で彼に渡した。

「きのうあなたに渡すのを忘れたそうね」リーアンはそっけなく言った。

「なんの鍵かは聞いていないようだね」

質問というより断定的な言い方だった。その冷ややかな声に、リーアンの胸は痛んだ。

「言ってごらん、これをいったいなんの鍵だと思っているんだ？」

彼は、危険なほど落ち着きはらっている。返事をしないでいると、厳しい目を向けられた。

「ぼくのアパートメントの鍵だとでも思っているのか？」

リーアンは喉が詰まって何も言えず、唇を開いたものの、また閉じてしまった。ほかにすべもなく肩をすくめた。すると突然、手首を握っていた彼の手に力が入り、痛さのあまりリーアンは悲鳴をあげた。

「いったい何をするつもり？」彼はものすごい力で外に止めてある車のほうへ引っ張って

いく。

「乗りたまえ。でなければ、無理やり乗せてシートベルトをしめることになる」

「ディミートリ……」

リーアンの肩をきつくつかみ、彼は助手席のドアを開けた。

「わかったわ」憤慨しながらも抵抗するのをあきらめ、震える指先でシートベルトを探っていると、彼がドアを閉めた。

すぐに彼も運転席に乗り込んでエンジンをかけ、車は門に向かって走りだした。

五分ほどで彼のアパートメントに着いた。車を止めてエレベーターで、最上階のペントハウスへ向かう。

「ほら、鍵だ」ディミートリはいやに落ち着きはらって、鍵を差し出した。「ドアを開けてごらん」

固い決意が表れた彼の顔を見つめ、リーアンは鍵を受け取った。

最初の鍵も、次の鍵も合わなかった。その代わり警報ベルが大きな音で鳴りだし、彼がカードを差し込み、暗証番号を押すまで鳴りやまなかった。

リーアンの胸が激しく動悸《どうき》を打ちはじめた。彼に無理やり部屋の中に連れ込まれると、思わず声をあげそうになったほどだ。

ドアが静かに背後で閉まり、ディミートリはインターホンの受話器を上げてボタンを押した。彼が名を名乗り、さっきの警報ベルは強盗のせいではないことを警備員に告げるのを、リーアンはじっと見守っていた。

電話が終わると彼はこちらに向き直り、冷ややかにほほえんでみせた。「アパートメントの中を調べてみればいいじゃないか」

「けっこうよ」彼にも自分にも腹が立っていた。だが何よりも腹が立ったのは、こんな場面を引き起こしたシャンナに対してだった。

「それじゃ、一緒に調べるか」

そう言ったかと思うと、すぐにリーアンを連れて、最初の寝室、それから次の寝室へと入っていき、しっかり見るようにと念を押しながら、引き出しや大きなワードローブの扉を次々と開けていった。

女性の服やアクセサリーのたぐいはいっさい見当たらない。あるのは、彼のものらしい男性用の服だけだった。

リーアンはしだいに目がずきずきしてきた。まばたきをして涙をこらえる。

「たとえぼくがだれかとベッドを共にしたとしても、ここへは連れてこない」きっぱりとした言い方だった。「シャンナがきみに渡した鍵は、賃貸アパートメントと地下駐車場のものだ。コスタキダスの子会社がそういうアパートメントをかなり所有しているからね」

彼が鋭い視線を向けてきた。「秘書に電話をして、彼女に証明させてもいい」

視線がからみ合い、目をそらすことができない。リーアンはゆっくりとかぶりを振った。

「そんなことはしなくていいわ」

いったいどれほど時間がたったのか、わからなかった。ひょっとしたら、ほんの数秒だったかもしれないし、数分だったかもしれない。それから静かに口を開いた。「わたしがまちがっていたわ」

こちらに近づいてきた彼に顎を持ち上げられ、無理やりに視線を合わされた。「シャンナだって、わざとやったわけじゃないだろう」

彼の気持がわからないのが不安だった。リーアンは思わず唇を舌でしめした。

「でも、あなたとシャンナは恋人同士だったんでしょう」ようやくそれだけ言うと、彼の目がかすかに光った。

「だった、というのは、いい言葉だね」

「シャンナはそうは思っていないみたいだけど」

「きみは、結婚後もぼくが愛人を持つとでも思っているのかい？」

「ふつうなら、そんなことはないでしょうけど」リーアンがすなおに言うと、彼はかすかにほほえみを浮かべた。

「ぼくたちはふつうじゃない？」

彼との愛の行為で与えられる激しいエクスタシーを、シャンナも経験したのだろうか。

それがわからないのが悲しい。

「きみは、ぼくたちの結婚に関しては、妥協するということはできないらしいね」

いったいなんと答えればいいのだろう？　言葉に注意するのよ、と心の中で声がする。でなければ、もっといいのは、何も答えないことだ。「もう出かけないと、遅れてしまうわ」そう言うと、彼はからかうような笑いを浮かべた。

「質問をはぐらかすのかい？」

リーアンは肩をすくめ、無理にもちょっとほほえんだ。「まあ、そういうところかしら」今はこんな会話を続けたくなかったのだ。今だけでなく、これからもずっと。偽りの結婚ではあっても、結局は受け入れるしかないのだ。

彼の輝く黒い瞳の底には意志の強さがあり、まぎれもないセクシーな魅力に満ちている。彼がいなかったら、生きていけるだろうか？

顎の線をそっとなでられ、彼の顔が近づいてくると、リーアンの唇は震えた。

心を奪われるような口づけだった。そのたくみな唇の動きには、あらがう気持も萎《な》えてしまう。知らず知らずのうちに自分から進んで彼の首に両手を回し、無言のうちに誘われると、体を弓なりにそらし、激しい情熱に応《こた》えた。

彼の手がヒップの丸みにあてがわれ、そのまま抱き上げられると、リーアンは声にならない叫びをあげた。

ふたたび床に抱き下ろされるまで、どれほど時間がたっただろうか。彼はふくよかな下唇にやさしく触れ、しばらく唇に含んだ。心臓が止まるほどの時間のあと、口づけはこめかみに移っていく。

「今夜はバレエに行かなければならないのか」ディミートリの低い声に、リーアンは深く息を吸った。

「行かなかったら、クリシーが残念がるわ」

「行かない代わりに、高額の寄付をするというのはどうかな」リーアンがかぶりを振ると、彼はかすかにほほえんだ。「だめかい？」

「母はバレエがとても好きだったの。祝祭の公演には必ず行っていたわ」

「だからきみも行きたいというわけだね」

リーアンは否定しなかった。彼は何も言わずにその手を取り、車のところまで下りていくと、二人は家に向かった。

二時間後、二人はホールの照明を落とした客席に座り、『くるみ割り人形』の幕開きを見ていた。

すばらしい宵だった。その夜の最後にすてきなことが待ち受けているのを知っていたから、なおさらそう感じるのだろう。ディミートリの指がからまり、手をきつく握られた時に、うれしい予感がした。何度も手首の脈打つ部分を親指でなでられ、思わず胸がどきりとするような、とびきりやさしいほほえみを向けられもした。

二人は暗黙のうちに、長居はしないことに決めていた。ごく少数の友人だけでコーヒーでもという、クリシーの誘いも丁重に断った。

「この次はぜひご一緒させていただきます」ディミートリが言うと、この社交界の花形の女性はリーアンに、いいのよと言うようにほほえみかけた。

「こんなにハンサムな男性と一緒に帰るんだもの、わたしだって、一瞬たりとも時間をむだにしたくないわ」

彼が低い声で笑うと、クリシーはいたずらっぽく目を輝かせ、リーアンの頬にやさしく口づけをした。

「さあ、早くお逃げなさい。わたしたちにつかまらないうちに」

夜道を走りだしたジャガーの車内で、二人の間に言葉はいらなかった。トゥーラックの屋敷の正面玄関にそのスマートな車体が止まるまで、ほんのわずかな時間しかかからなかったような気がした。

家の中に入ると二人で階段を上がった。部屋に入るなり、リーアンはピンをはずして髪を下ろし、手でときほぐして靴を脱いだ。

ディミートリはシャツを脱いでいた。筋骨たくましい、独特の、野生動物のような優雅さを持つ肉体を惜しげもなくさらしている姿を、リーアンはしばらく見つめていた。

見つめられているのに気づいたのか、彼は顔を上げた。こちらに向けられたそのまなざしは鋭く突きささるようで、黒い瞳は信じられないほどの静けさをたたえている。

彼がこちらに近づいてきても、身動きすらできなかった。抱き寄せられた時、リーアンはかすかに震えた。

「すてきな夜だったわ」すなおな言葉に、彼は温かなほほえみを浮かべた。

「でもまだ終わっていない」やさしく言いながら、彼の顔が近づいてくる。その表情に表れたあまりに激しい感情を目の当たりにして、リーアンはあやうく声をあげそうになった。

唇が重ねられると、全身の力がゆるやかに抜けていく。

ひそやかな衣《きぬ》ずれの音とともにドレスが落ち、続いて小さな下着がカーペットにすべり落ちた。やがて彼にベッドへ導かれた。

時間をかけた、信じられないほどやさしい愛の行為だった。あらゆる甘美な感覚をしだいに高め合いながら、二人は官能の極みをお互いに与えようとしていた。

愛の時間が終わったあと、二人は手足をからませ合ったまま眠りに落ちた。そして明け方、ふたたび愛し合い、起きてシャワーを浴びてから、ジロングへランチを持ってピクニックに出かけた。

家に戻ったのは、午後遅くなってからだった。車から降りたリーアンは、彼のほうに振り向いた。「ねえ、わたしが何をしたいか当ててみて」

「何かな？」ディミートリがゆったりとした口調で尋ねる。

「今夜は外でお食事しない？」

彼はわざと驚いたふりをして、片方の眉をきゅっと上げた。「それだけ？」

「どこへ行くかきかないの？」

車のこちら側へ回ってきた彼は、リーアンの手を取った。「わかった。どこへ行くんだい？」

彼女はいたずらっぽく笑いかけた。「わたしの知っているところ」家のほうに向かって歩きながら、言った。「そこのシェフのお得意は、バーベキュー仕立てのステーキと、ギリシア風サラダと、焼きたてのパン、それに果物とチーズつき」

「電話で予約しておこうか？」彼も調子を合わせる。

「そこは予約は受けつけないの」リーアンがうれしそうに言い、二人は正面玄関から、ロビーへ入っていった。

「なるほど」彼はのんびりした口調で言った。「うちのテラスでバーベキューをやろうと言うんだね。だれがシェフになるんだい？」

「シェフはあなた。わたしはサラダとパンとチーズを用意するから」

「よし、わかった」彼はそう言いながら、口元にほほえみを浮かべた。「それじゃ、キッチンへ行って材料を調べてくれるかい？　ぼくは留守番電話のメッセージをチェックしてくる」

リーアンは大型の冷蔵庫からステーキを取り出し、次にサラダの材料をそろえた。冷凍庫からスティックパンを取り出そうとしている最中に、彼がキッチンに入ってきた。

「ゴールド・コーストのエロイーズという女性から電話が入っていたよ。緊急の用事だそうだ」

リーアンは冷凍庫のドアを閉め、顔をしかめて彼のほうに向き直った。「エロイーズはうちのクリニックのスタッフだわ。どうして日曜日なんかに連絡してきたのかしら?」

「きみから電話をして事情を確かめたほうがいいんじゃないか?」

リーアンは目を曇らせ、かすかに心配そうな表情になった。「彼女の家の電話番号を住所録で調べてみるわ」

「ここはぼくが始めているから、きみは電話をかけてきたまえ」リーアンはありがとうとつぶやきながら、足早に二階へ上がっていった。

十五分後、リーアンはキッチンへ戻ってくると、クリニックの経営を任せていたシニア・アシスタントが、交通事故にあって入院したことを告げた。おまけに、一緒にいた別のスタッフも、けがをしたという。

「どうしても向こうへ戻らなくては」リーアンが言うと、ディミートリの鋭い目がこちらに向けられた。

「だれか代理の者ではだめなのかい？」

リーアンは、申し訳なさそうにかぶりを振った。「これでうちのクリニックは、専門スタッフが二人欠けたことになるの。そのうちの一人はわたしの代理を務めていたのよ。だからわたしは、応募者の中から代わりの人を探さなくては」わかって、というように、彼のほうを見つめた。「すばらしい仕事だから、ここでつぶしてしまうわけにはいかないの。ここまでやってこられたのも、スタッフやお客さまのおかげですもの」

彼の目の中で輝くものがあった。しかしその小さな炎は見る間に消えた。「向こうへはどのくらい行っているつもり？」

「少なくとも一週間。たぶんそれより長くなると思うけど」リーアンはちょっと肩をすくめた。

「飛行機のチケットを予約しようか？」

「ええ、お願い」感謝をこめてそう言ってから、気づいたことがあって唇を噛《か》んだ。「わたしのアパートメントは貸してしまったから、ホテルも予約しなくてはいけないんだわ」

「それじゃ、書斎へ行って細かい打ち合わせをしよう。食事はそれからだ」

リーアンは翌朝の早い便でクーランガッタへ飛び、空港からタクシーでホテルに入った。そこで預けてある車を出してもらうよう手配をすませ、またタクシーでクリニックへ向かった。

ゴールド・コーストはまさに南国の楽園だ。美しい海岸、そして入江に面した邸宅。新鮮できれいな空気を、リーアンは胸いっぱいに吸い込んだ。目まぐるしい都会の生活とは違う、のんびりしたペースの、気取らない暮らしをずっとなつかしく思っていたことにも、今さらながら気づいた。

その月曜はあちらこちらに電話をかけたり、職業紹介所に連絡をしてみたり、お得意客へのご機嫌伺いをしたりに費やされた。そしてホテルに戻ると、約束どおりディミートリに電話をかけ、夕食のあと数人の友人に連絡を取った。あとはシャワーを浴び、朝までぐっすり眠った。

火曜も同じような一日だった。クリニックには、かなりの数の応募者があった。リーアンはその一人ひとりと面接して、資格や技術や容姿の点から選考しなければならなかった。面接ぐらい、簡単と言えば簡単だ。だが、現在のスタッフと新人がうまくやっていくには、いかに面接が大切か、リーアンにはよくわかっていた。同僚同士で問題が起こった場合、クリニックの中にどこかぴりぴりした雰囲気が漂い、それをお客に気づかれてしまうことも、ままある。

選考を公平にするために、これはと思う応募者には試用期間を与え、毎日の終わりにスタッフを集めてミーティングを行うことにした。

その週の終わり、二人のスタッフを雇うことが決まった――一人にはすぐに働きはじめてもらい、もう一人には火曜から来てもらう。しかし、まだだれをマネジャーにするか、リーアンは決めかねていた。コレットという女性が最適だったが、ただ問題なのは、マネジャーとしての給料に、クリニックの売り上げの一部も上乗せしてほしい、と要求されていることだ。

「どう思う?」電話をかけた時、ディミートリに相談してみた。

「なぜためらうんだい? 優秀な女性だと言っていたじゃないか。クリニックをうまく経営してゆく上では、売り上げの一部を給料に上乗せすることも必要な動機づけだ。彼女をマネジャーにしたまえ」彼は落ち着いた口調で言った。「そして早くうちへ帰っておいで」

うちへ帰っておいで。ああ、なんていい言葉だろう。うちへ帰りたい。もちろん友人たちに会ったりするのも楽しかったが、一日の終わりにだれもいないホテルの部屋に戻るのはいやだったし、一人ぼっちの長い夜をすごすのもつらかった。

結局、リーアンはコレットに電話をかけて、マネジャーとしての契約を結んだ。また、金曜日と土曜日には、特にリーアンを指名しているお得意客の予約にも応じた。日曜日の朝は早く起きて、ビーチに下りてひと泳ぎしてから、立ち並ぶカフェの一軒に入って朝食にした。そのあと、サンクチュアリ・コーヴまでドライブし、海岸沿いのたくさんのブティックをひやかして歩いた。

ゴールド・コーストに戻ってから初めての、何にもわずらわされることのない、ゆっくりできた一日だった。ホテルに帰り、エレベーターで自室に上がると、五時になっていた。

だが、なぜかリーアンの気持は落ち着かなかった。ルームサービスを六時に頼み、それから服を脱いでシャワーの下に立つ。好きなだけ時間を使って、体を洗い、髪の手入れをした。

別に服を着なければならない理由もない。タオルのローブだけを身にまとって、テレビのスイッチを入れる。

ちょうど食事が終わった時だった。軽やかにドアをノックする音が聞こえた。リーアンはかすかな期待に高鳴る胸を抑え、ドアを開けに行った。

11

「ディミートリ！」ほんとうに驚いてしまった。まさか彼が来るとは思っていなかったからだ。

リーアンは彼のがっしりした体にむさぼるような視線を向けたが、つい目を伏せてしまった。彼の腕の中に飛び込み、抱きしめてくれる温かさを感じ、口づけとともに始まる魔法に身も心もゆだねてしまいたい。

そう思いながらも、なんとなくためらったのは、感情のままにふるまうのは、あまりにはしたないような気がしたからだ。

「歓迎のキスはしてくれないのかい？」彼にゆったりと笑いながら言われると、リーアンもほほえみ、澄んだ目を見開いて、彼のほうに近づいた。

「もちろん、するわ。元気だった？」

彼はからかうように目を輝かせ、リーアンの肩に手を置いた。「やけに、おしとやかだね？」

からかうような言い方に、リーアンは何か言い返したかったが、言葉が喉で止まってしまった。そのまま抱き寄せられると、いつものように体から力が抜けていく。

本能的に顔を仰向けにすると、唇をむさぼるように奪われた。そのあまりの激しさに、彼女は今にも感覚がばらばらになってしまいそうだった。

しかし、彼の、感情を抑えられないほどの激しい口づけには喜びが感じられた。リーアンは差し込まれる舌をもてあそび、その荒々しい探索を受け入れ、ついにはこちらから同じことをしていった。

口づけがやさしくなったのは、ずいぶん時間がたってからのような気がする。両手がすべり下りていき、ヒップの曲線を我が物顔にとらえられた時、彼の体をかすかに震えが走ったのがわかった。

そっと重ねられた唇は、震えるリーアンの唇をやさしく愛撫《あいぶ》している。やがて口づけは首筋に移り、激しく脈打つ部分に押し当てられた。彼がかすかな声をもらす。口づけはさらに下りて、ローブの深いVネックのあたりをたどっていく。

リーアンの胸の頂は、彼に触れられる期待に、すでに固くなっていた。ローブのベルトをほどかれた時も抵抗はしなかった。肩からそっとローブが脱がされる。

彼の煙ったような視線が、リーアンの美しい体の曲線をたどった。胸のふくらみをなぞられ、やがて二つの頂にも同じように触れられると、リーアンは思わずたじろいだ。

「きれいだ」ディミートリはゆっくりとその手をウエストへ、臍《へそ》のくぼみへ、下腹部へと下ろしていく。「とてもすてきだ。温かくて、いつでもぼくを迎え入れてくれる。とても会いたかった」

気持は同じだったが、言葉には出せなかった。その代わりリーアンは彼の上着を脱がせ、ネクタイを取った。シャツのボタンをはずし、上着と一緒に置いた。それからベルトをはずし、ズボンのジッパーを下ろす。

何も言わずにその場に立っていた彼は、リーアンがためらっていると、その手をきつく握りしめた。「続けて」

そう言われても、続ける勇気があるかどうか不安な思いで、リーアンはかすかに光をたたえた目を大きく見開いて彼を見つめた。喉に詰まったかたまりをのみ込む。「手伝って」彼から視線を離すことができないまま、彼女はそっとささやいた。

頬に手をあてがわれ、親指でやさしくなでられると、リーアンの背筋に震えが走った。

「そこまでやったのに、なぜやめるんだい?」

リーアンは無意識のうちに、下唇を舌でしめした。そのしぐさに彼の目が輝くと、思わずはっと息をのむ。黒い瞳に見入られたようになって、しばらくは息を吐き出すこともできなかった。

それから静かにカーペットにひざまずき、靴ひもを片方ずつゆるめ、靴とソックスを脱がせはじめた。

次にズボンを脱がせ、シルクの黒い下着に手をかけ、ウエストのゴムの部分に指先を入れ、たくましい太腿までゆっくりと下げていった。

彼の官能の高まりはすでに目覚め、力強く、この上なく美しかった。

リーアンはためらいがちにやさしく触れていき、がっしりした腿のつけ根まで、指先でたどっていく。魅せられたように、リーアンは愛撫し、そのあと少し身をかがめて、羽根のように軽い口づけをした。

いつも彼がしてくれるように、唇で愛撫したいという欲望がこみ上げ、思わず唇を押し当てた時、彼が満足げに低い声をもらした。そのままやさしい愛撫を続けていると、彼の喉からさらに声がもれる。やがてひざまずいた姿勢から立ち上がらされると、彼が胸の谷間に顔をうずめてきた。

固くなった胸の頂を口に含まれ、喜びの声をあげるのは今度はリーアンのほうだった。もうやめてと言うまで、愛撫は続いた。

「ぼくの首に腕を回して」そのとおりにすると、にわかに彼が入ってきた。ヒップをしっかりと抱えられ、ゆっくりと円を描くような動きに、リーアンは興奮のあまり息をあえがせた。

初めはやさしかった口づけがしだいに激しくなり、何もかも忘れて官能の渦に巻き込まれていく。

　ふと気づくと、リーアンはベッドに横たわっていた。彼女は激しい喜びを味わった愛の行為のあとの、満ち足りた気持で眠りの縁を漂った。

　目を閉じ、とりとめもなく思いをはせる――今は亡きペイジとヤニスのこと、そしてふつうとは違う結婚をしたいきさつのこと……。

　隣で安らかに眠っている男性を、わたしは理屈抜きに、狂おしいほど、愛している。でも、彼はわたしを、ベッドで自分の言いなりになる女、としか見ていないのではないだろうか？　何より一番恐ろしいこと――いつかはわたしに飽きてしまうのではないだろうか？

　リーアンは眠れなくなってしまった。数字の変わってゆくデジタル時計を見るのももうやめた。そのほうが気にしなくていいだけ、ましだ。

　そっとベッドを抜け出し、素足のまま窓に向かう。少し開いたカーテンから、神秘的な月の光が細く差し込んでいた。

　重たげなカーテンを静かに開け、リーアンは目の前に広がる暗い海を見つめた。月の光に照らされて、おだやかな海面が銀色に輝いている。

　印象的な眺めだ。どこまでも続く白い砂浜。押し寄せてくる波も静かだが、時としてうねりが高くなり、荒々しく砂浜に打ち寄せることもあるだろう。

なんだかわたしの心の中の、ディミートリのようだ。おだやかさと、やさしさを秘めた激しさ。固執とも言えるほどの所有欲……。

海岸線に沿って明かりが見える。その小さな明かりの列が、ずっとニュー・サウス・ウエールズの北端まで続いているのだろう。

近くに見えるのは、きらびやかなネオンの明かりだ。あるものはじっとして光り、あるものはまたたいて、観光客のふところをねらっている。幹線道路を走る車のヘッドライトは、川の流れのようにえんえんと続いている。

見慣れた風景だった。ここからわずか数キロ離れた自分のアパートメントでも、よくこの風景を見たからだ。そういえば、母に言ったことがある。わたしはゴールド・コーストが好き。一人暮らしを楽しんでいるし、そういう時間が大切なの……それは嘘《うそ》だった。ほんとうは、心はメルボルンにあったのだ——もっと正直に言えば、心はディミートリにあったのだ。今までずっと。

後ろでかすかに人の気配がした。ウエストに両手がかけられ、温かな彼の体のほうへ引き寄せられると、リーアンはかすかに全身が固くなった。

「眠れないの？」ディミートリのやさしい声がして、髪に息がかかるのを感じた。首のつけ根のやさしく脈打っている部分に、彼がそっと顔をうずめる。

リーアンは言葉が出なかった。体の奥が疼《うず》きはじめ、その感覚がしだいに隅々にまで広がり、やがて全身が息づくように感じられてきた。

「ディミートリ……」

「ベッドに戻ったほうがいい」彼はやさしく言い、リーアンの首のつけ根の柔らかなくぼみにそっと歯を押し当てた。彼女は体をそらした。

声にこそ出さなかったが、彼の危険な愛撫に自分の体が反応してしまうのが、リーアンはいやでたまらなかった。彼に触れられただけで、燃え上がってしまうなんて。

肩に手が置かれ、彼と向かい合わされた。顎を軽く持ち上げられ、鋭い視線で見つめられても、もうリーアンには目をそらすだけの力はなかった。

月明かりの中の、彼の物憂げな黒い瞳。そしてセクシーな唇がゆっくりと下りてくる。リーアンはやめてと言おうとして唇を開いたが、軽くじらすような口づけに言葉は消え、応《こた》えないようにするだけで精いっぱいだ。

リーアンは彼の胸を両手で押しやり、無理やり唇を離した。体をぴったりと押しつけられ、彼の高まりを感じると、はっと小さな声がもれた。

「やめて……お願い」彼の動きが止まり、片手がうなじにあてがわれ、リーアンはかすかに身震いをした。「お話ししたいことがあるの」

彼の表情はわからなかったが、リーアンはかまわず続けた。今ここで話さなければ、二度とこんな勇気は出ないかもしれない。

「わたしたちの結婚のこと。なりゆきでこんなことになってしまったけれど、わたしよりあなたのほうが、この結婚には気乗りがしなかったと思うの」

彼は身動きひとつしなかった。もし彼の手を体に直接感じていなかったら、これは幻かと思ったかもしれない。

「結婚を申し出たのはぼくのほうだ」一見、やさしい声だった。「きみも覚えているだろう。ぼくが強く主張した」

「それは当たり前だと思われたわ。なぜあなたがわたしと……」そこまで言って、彼におだやかにさえぎられた。

「当たり前だと、だれが思うって？」

つらい思い出がひとつひとつよみがえり、リーアンは黙ってしまった。

「ぼくの質問に答えてくれないね」彼の落ち着きはらった言い方に、リーアンはちょっと肩をすくめる。

「それを言っても、何もならないわ」

「それなら、いったい何を言いたいのか、説明してくれないか」

にわかに喉が詰まったような気がして、リーアンはあわててつばをのみ込んだ。

「あなたはとても頭がいいから、わかると思うわ」

彼はしばらく黙っていた。そして何かを探ろうとするかのように、リーアンの苦しげな表情を見つめた。「決して少なくはないおやじの遺産を自分の手元に置いておくには、きみと結婚するのが好都合で、当たり前だったと言いたいのかい？」

リーアンは悲しげな口調で答えた。「それがあなたの目的だって、何人かの知り合いに言われたわ」

彼のまなざしが一瞬きつくなった。「世間なんていうものは、ゴシップをでっち上げ、悪意でそのゴシップをまき散らすものだ」

「そうかもしれない」リーアンは深く息を吸い、ゆっくりと吐き出した。「そうかもしれないけど、世間の言い分にも当たっているところはあるわ。だって、母があんな病気になったりしなければ、あなたはわたしとの結婚なんか考えなかったでしょう」

ディミートリはじっとこちらを見つめている。

「ほんとうにそう思うのかい？」

そう尋ねられ、リーアンはひたと相手に視線を向けた。「お望みなら、どんな女性だってあなたのものになったのに」

「ぼくはきみを望んだとは考えていないのか？」

リーアンはもう一度深く息を吸った。「わたしたち、二人とも幸せになる権利があると思うの」

「きみは今、不幸なのかい？」彼の目に隠された怒りを見て取ったあとにしては、その言い方がやさしすぎるような気がした。もうあと戻りできないところまで来てしまったと思うと、体に震えが走る。

リーアンの表情をよく見ようとして、彼はウォールランプをつけた。急に明るくなったため、彼女は目を大きく見開いた。

だが彼の姿を見て、リーアンは目を閉じた。その瞬間、彼と同じくらい、彼女は自分のこともいやだった。「不幸という言葉だけじゃ言い表せないわ」

彼はしばらく黙っていたが、やがてやさしい口調で言った。「どういうことか、話してくれないか」

どうしよう。悪夢よりひどいことになってきた。これは、朝になって潜在意識の行きすぎだと片づけられることではないのだ。

「もうあなたとは一緒にはいられない」目の奥がつんと痛くなり、リーアンは頬をゆっくりと伝う涙を抑えることができなかった。

「ぼくを愛しているから？」ディミートリがやさしく尋ねた。

愛していると言う勇気はなかった。涙を拭《ぬぐ》いたかったが、リーアンは身動きもせず立ち尽くしていた。たとえ命がかかっていたとしても、動けなかった。

「だって、あなたがわたしに対して感じているのは、お継父《とう》さまと母への、責任感とか敬意から出ている気持だけだもの」

彼は両手でリーアンの顔を包み、涙に濡《ぬ》れた悲しげな顔を見つめた。

「責任感を感じてきみを抱いていると言うのか?」彼は親指でリーアンの涙を拭った。

「ぼくに抱かれている時、そんなふうに感じるのか?」

違うわ。とてもすてきな気分よ——彼は身をかがめて、そのかすかなささやきを聞き取った。

「きみとペイジは、おやじの人生に温かな愛情を運んできてくれた。もちろんぼくの人生にも。だからきみをそばに置いて、放したくなかった」

リーアンは唇を震わせた。「でもあなたは離れていったわ」次の言葉を口にするのはとてもつらかった。「わたしはあなたにあこがれていたのに」

「と言うより、ぼくを白馬に乗った王子だと思っていたようだね。しかし、そんな王子はおとぎばなしの中にしかいない。あのころのきみは、まだまだキャリアを積み、人生を楽しむべきだった。だれかを人生の伴侶《はんりょ》に決める前にね。だから一年か二年、きみを自由にさせようと思ったんだ」彼はかすかにほほえみ、リーアンのこめかみにそっと口づけをした。「ところがぼくは追いはらわれてしまった。しかもだんだんきみはぼくを避けるのがうまくなり、わざわざぼくのいない時をねらってメルボルンへ来る始末だ。たまにばったりでくわしても、きみはいやによそよそしかった。ぼくは言葉を荒らげないようにするので精いっぱいだった」危険なほどやさしく彼が言葉を切ると、リーアンはかすかに身震いをした。

「シャンナはきっと……」リーアンは心の奥底のつらさから、ゆっくりと切り出した。「彼女に誤解されるような印象を与えた覚えはない。シャンナはただの……」

「ベッドの相手？」

「楽しみ仲間だった」彼が言い直した。この話題を続けてもいいのだろうか？

リーアンは彼を注意深く見つめた。「そう」

ディミートリは両手をリーアンの肩に置き、やさしく揺さぶった。「わかってくれたかい？」

「ええ」

「結婚式の日、ぼくはきみを永遠に愛すると誓ったじゃないか」彼は静かな口調で言い、リーアンの背に腕を回して抱き寄せた。

「言葉だけならいくらでも言えるわ」震える声でそう言ったものの、一方では彼を信じたい気持が強まっていた。

彼が身をかがめてきて、唇が重ねられた。初めは信じられないほどやさしかったが、しだいに激しさを増し、最後には口づけだけではすまなくなった。

膝の下に手をすべり込ませ、すくい上げるように抱かれると、リーアンは同意するように小さな声をもらし、連れ戻されたベッドの上で、彼の甘美な愛撫に身も心もゆだねた。

全身を貫くような喜びは、単に肉体だけの感覚にはとどまらず、彼にしがみついたまま、リーアンはエクスタシーの高みへ、さらにその先へと導かれた。

愛の行為のあとの満ち足りた平和な時間、ディミートリの腕に抱かれながら、リーアンはやさしく愛撫するように低い声でささやいた。「愛しているわ」

彼は肩の線を、そして繊細なカーブを描く首筋を、そっと指先でなぞっている。そんなふうに軽く触れられていると、彼の温かな張りつめた肌に口づけをしたくなってしまう。頬を押し当てると、その下で彼の鼓動が聞こえる。力強い鼓動が全身に血液を送り出している。ほんのしばらく前、彼よりわずかに早く激しいクライマックスに導かれた時、この鼓動は早鐘を打つように高鳴っていたのだ。

「きみはぼくの命だ」ディミートリは静かな声で言った。「心から愛している。信じてほしい」

眠りに落ちてゆくリーアンに、彼はささやいた。やがて軽く手を触れられ、頬に温かな口づけを受け、彼女ははっと目を開いた。

リーアンは口の中でつぶやきながら、なんのためらいもなく彼の両腕の中に体をすべり込ませた。「もう朝なの?」

抱き寄せられると、ハスキーなやさしい笑い声が聞こえた。そして媚薬《びやく》のようにうっとりする口づけがしばらく続くと、もっととせがみたくなってしまう。脈打つ首筋を、そして胸の谷間を、唇で愛撫され、リーアンは思わず甘美な深いため息をもらした。

しだいに鋭い官能の目覚めを感じ、リーアンはふたたび彼のたくみな愛撫に身をゆだねていく。体の細胞のひとつひとつにいたるまで、生まれ変わったように花開き、胸のやわらかなふくらみは、彼がそっと歯を立てると、その愛撫にみごとに反応した。じらすようにゆっくりと攻め立てられ、いつしか激しい興奮を感じるほどになり、リーアンの口から低い声がもれた。よく調律された楽器がマエストロの演奏を待つように、今、彼女の体は全身で彼を待っていた。

早くこの思いを満たしてほしいという気持で、リーアンはすがるようにせがみ、彼の引きしまった腰に爪を立てるほどきつくしがみついた。

彼の指先が彼女を探りはじめると、リーアンは解き放たれたように声をあげた。その一番敏感な部分が愛撫されて脈打ち、激しく乱れると、彼はためらうことなく体を重ねた。

かなりたってから二人がベッドを出てシャワーを浴び、タオルのローブをまとったところで、ルームサービスの朝食が運ばれてきた。

リーアンはオレンジジュースを取って椅子に座り、パックに入ったシリアルを二つの皿に取った。

「あと一時間で空港へ行かなくては」そう言いながら、ディミートリは向かいの椅子に座った。

リーアンははたと手を止め、さまざまな思いに目を曇らせて彼を見つめた。その日は朝から約束が目白押しだった。それに昼には親しい友人たちとのランチの約束もある。

「わたしは行けないわ」リーアンは言って、顔にかかった髪を耳の後ろにかき上げた。

「少なくとも、今日はだめなの」ディミートリがかすかに目を細めた。「コレットに任せるまでもう一日ここにいると約束してしまったし、スタッフやお客さまにも申し訳ないわ。すべてがすっかり片づかないうちに、さっさと引き上げてしまうわけにはいかないのよ」

「ぼくはメルボルンで十一時に会議の予定が入っている」ディミートリはりんごを切り、桃の種を取った。「その会議も延期するわけにはいかないな」

「ディミートリ……」

「何時の便に乗るか、知らせてくれないか」彼はむだのない動きで、湯気を立てている銀のポットに手を伸ばした。「コーヒーはどう？」

「ええ、お願い」リーアンは口の中でつぶやいて、カップとソーサーを受け取った。「ありがとう」

「それはきみと一夜をすごすために、何千キロも飛んできたことへのお礼かい？」彼がおもしろそうに目を輝かせたのを見て、そのあまりのやさしい表情に、リーアンは思わず目をしばたたかせた。

「コーヒーをありがとうって言ったのよ」リーアンはそう言っていたずらっぽく笑う。

「なるほど」彼は手を伸ばし、指先でリーアンの頬をなでた。「そのお礼はしてもらうよ……」意味ありげに言葉がとぎれると、彼女はにこりとした。

「飛行機に乗り遅れるわ」

ディミートリはしなやかな動作で立ち上がり、ゆっくりと回ってきた。「残念だ」そしてリーアンの顎に手をあてがい、かがみこんで口づけをした。そのあまりに情熱的な口づけに、リーアンの理性も働かなくなってしまうほどだった。やがて彼は背筋を伸ばし、息をのむような魅力的なほほえみを浮かべた。「それじゃ、きみも早くおいで、いいね？」

言葉が出てきそうもなかったので、リーアンはただ黙ってうなずき、部屋から出ていく彼を見つめた。

その日はあっと言う間にすぎていった。リーアンの軽やかな足取りや、意味ありげなほほえみを、ランチを一緒にした二人の友人は見逃さなかった。

「いつメルボルンに戻るの？」

「明日よ」とたんに、厳しい抗議の声が返ってきた。

「今夜はディナーの予定だし、明日の晩はルネがショーのチケットを用意しているわ。いなくちゃだめ。ご主人はあなたが一人で出かけるのを、もう二度と許してくれないわ。だからお願い。もうひと晩だけ、いいでしょ？」

「そうね」ディミートリにはもう一日待ってもらってもいいだろう。わたしはそれこそ何年も待っていたのだから。それに、もちろん彼とは一緒にいたかったが、少し彼をじらすことを考えると、なんとなくプライドをくすぐられる。

そんなわけでその晩は友人たちと食事をし、翌日はショーを見に行った。次の朝、ルームサービスに起こされるまでぐっすり眠ったあと、リーアンは午後遅い便を予約し、エレーニに電話をして、帰りの時刻を告げた。


着陸した飛行機は速度を落として滑走路を走り、やがてエプロンに止まった。リーアンは機内から降り、ほどなく到着ロビーに出てきた。

「リーアン」

ディミートリの、あのゆったりとした声が聞こえ、リーアンはにわかに体の力が抜けていくような気がした。彼女は振り向いた。

既視感《デジャヴ》に襲われる――便は違ったが、あの時も同じ航空会社のターミナルだった。しかし、今はあの時のようなよそよそしさも不安もない。あふれるほどの愛情を胸に、温かな彼の腕に抱きしめられることを願っているだけだ。

リーアンがためらうことなくディミートリの腕の中に飛び込み、顔を上げると、唇が下りてきた。息をのむような口づけだった。

「どうしてこんなに遅くなったんだい？」

リーアンは顔を上げて、彼をうっとりと見つめた。「ちょっとあなたをじらしてあげようと思って」さらりと言ってから、いたずらっぽく笑いかけた。

彼も笑った。温かく、やわらかな低い笑い声を聞くと、リーアンの澄んだブルーの瞳が輝いた。

「ほんとうかい?」

彼女はちょっと首をかしげた。「遅くなったおわびはきちんとするつもりよ」彼にじっと見つめられると、胸が激しく高鳴った。

「楽しみだね」

「ええ、楽しみにしていて。飛行機に乗っている間に、いろいろと考えたの」

「ぼくのほうは今夜はきみを食事に連れていこうと思っていたんだ」

伸び上がったリーアンはディミートリの顎に口づけをし、彼に腕をからませ、ターンテーブルのほうへ歩きだした。「おなかがすいてるの?」

彼は荷物を取り、駐車場へ向かった。「おなかがすいてるって、食べ物に、それともきみに?」

リーアンは助手席に座ってシートベルトをしめ、彼が乗ってくるのを待ってから、甘えるような口調で言った。「わたしはレストランのほうがいいわ」

彼はギリシア料理専門の小さな居心地のいいレストランを選んだ。リーアンは大好きなムサカ、ディミートリはミートボールとライスのぶどうの葉包みを注文した。二人は上等のワインと食事を楽しみ、コーヒーを味わってから、車に乗って家へ帰った。

寝室に入ると、上着の内ポケットから、ディミートリが細長い封筒を取り出し、何も言わずにリーアンに渡した。

「わたしに?」面くらった表情を見て、ディミートリはほほえんでいる。

「開けてごらん」

そっと封を開けると、中から二枚の航空券が出てきた——あさってのアテネ行きだった。

「ディミートリ……」うれしくて言葉が続かない。

「のびのびになっていたハネムーンだ」リーアンが手を差し伸べると、彼はほっそりした体を抱きしめた。「地中海の孤島。だれもいないところだ」

「あなたを愛してるって言ったかしら?」リーアンがささやくと、彼の顔が近づいてきた。

「これからはずっと毎日、その言葉が聞きたいね」

リーアンはほほえんだ。心の底からわき上がるやさしいほほえみに、澄んだサファイアのような瞳がきらめいている。「ええ、そうするわ」少し顔を傾けながら、リーアンはかすかに笑った。「もちろん、あなたも言ってくれるのよね」

「もちろんだ」ディミートリは真剣な表情で言い、唇を重ねた。心からの口づけに、もうそれ以上の言葉はいらなかった。

●本書は、1997年5月に小社より刊行された作品を文庫化したものです。

愛に震えて

2024年5月15日発行　第1刷

著　　者／ヘレン・ビアンチン
訳　　者／古澤　紅（ふるさわ　こう）
発 行 人／鈴木幸辰
発 行 所／株式会社ハーパーコリンズ・ジャパン
東京都千代田区大手町1-5-1
電話／04-2951-2000（注文）
0570-008091（読者サービス係）

印刷・製本／中央精版印刷株式会社

表紙写真／© Maya Kruchankova | Dreamstime.com

ISBN978-4-596-82334-2